書下ろし

札《ふだ》差《さし》殺し

風烈廻り与力・青柳剣一郎①

小杉健治

目次

第一章　三《み》ノ輪《わ》の寮

一

吉原《よしわら》といっても仲《なか》の町をはさんで立ち並ぶ紅殻《べんがら》格子の大見世《おおみせ》、中見世、小見世の妓楼ではなく、江戸《えど》町二丁目の東側の通り、東河岸とも羅生門《らしょうもん》河岸とも呼ばれる河岸にある最下級の切見世だ。

金が足りねえと言うと、女は急に不機嫌な顔になった。権助《ごんすけ》は手を合わせ、

「ほんとうにすまねえ。今度はたんと持ってくるから、きょうはそれで勘弁してくれ。後生だ」

と、熊のような大きな体を縮《ちぢ》めて哀願した。

「しょうがないねえ」

女ははだけた胸元を直して、

「権助さんは馴染みだから勘弁するけど、今度はほんとうに頼みますよ」

と、口許《くちもと》を歪《ゆが》めた。元は武家の娘だと言っているが怪しいものだ。だが、ときおり見せ

る高飛車《たかびしゃ》な物言いに、ひょっとしたらと思うこともある。

「もちろんだ。どうしてもおめえに会いたいから金がねえのに来てしまったんだが、今度はたんまり持ってくる」

権助は大きく出たが、金の入る当てはない。最下級の河岸見世の遊女に払う金もない不《ふ》甲《が》斐《い》なさが腹立たしい。

権助の手を払いのけて、女はさっさと身繕《みづくろ》いを始めた。後ろ向きになったまま、町人のくせにと女が言った。

ちっと舌打ちし、また来ると言い残して権助は暗闇《くらやみ》長屋にある切見世を後にした。

羅生門河岸から江戸町二丁目に入ると、権助にはとうてい足を踏み入れることの適《かな》わない大見世や中見世が並んでいる。

仲の町に出たとき、定紋《じょうもん》の箱提灯《はこぢょうちん》を持った若い者の後ろにふたりの振袖《ふりそで》新造が続き、呼出しの遊女が茶屋へ向かう花魁《おいらん》道中といっしょになった。

後ろから妓楼の若い者が持つ長柄傘の下に小さく引き締まった顔だちの花魁。帯は錦《にしき》、緞《どん》子《す》で前結び。河岸女郎と遊んで来たばかりの権助の目にはまるでこの世のものとは思われぬ美しさであった。

一生に一度でいい、あんな女と遊んでみたいと思いながら、権助は道中を見送った。花魁が茶屋に消えても、権助は夢見心地で大門を出た。

衣紋《えもん》坂から日本堤に出て、見返り柳を横目に田《た》町一丁目から浅草《せんそう》寺横の馬道を通って駒《こま》形《がた》町までやって来た。

参詣客相手の料理茶屋の軒行灯《のきあんどん》の明かりが続いている。一杯やりてえところだが銭がない。奥山《おくやま》の矢場女のところに通い詰めたつけだ。それほど通っているのに、未《いま》だに色好い返事をもらえねえ。

ぶつぶつ言いながら蔵前《くらまえ》通りを浅草橋に向かう。正覚《しょうかく》寺門前に差しかかったとき、尿意を催《もよお》した。境内《けいだい》に榧《かや》の大木があったことから『榧寺』という名で知られている。その榧寺の横手の暗がりに見える松の樹に向かった。左手前方に浅草御蔵《おくら》が闇に沈んでいる。

松の陰で、小便をして踵《きびす》を返したとき、境内の入口脇に男がいるのに気づいた。人待ち顔で立っている。そのまま行き過ぎようとして、見知った顔だと気づいた。

「よお、久米吉《くめきち》じゃあねえか」

声をかけると、久米吉の体がびくっとなった。振り返りざま、

「誰でえ、おまえは？」

と、尖《とが》った声でき返した。

「俺だよ。権助だ。ほら、奥山の矢場でよくいっしょになったじゃねえか」

権助と同じように、そこの『柳本《やなぎもと》』という矢場の看板女のおけいに入れ揚げていた男だ。いわば、おけいをめぐっての競争相手だが、ふたりともおけいには軽くあしらわれて

いる。

「あっ、権助兄いか」

久米吉はやっと思い出したようだ。久米吉がひらべったい顔を手でなでた。どこか落ち着かない様子だ。

「こんなところで何をしているんだ？」

一瞬返事に詰まったようだが、久米吉は観念したように、

「兄いに見つかったんじゃ仕方ねえ。これだ」

と、久米吉は小指を立てた。

「女？　おい、まさかおけいじゃねえだろうな」

「そうだったらうれしいが、料理茶屋の女中なんだ。ここで待ち合わせたんだが、いっこうにやって来ねえ」

「ちっ。いい身分だぜ」

権助は嫉妬《しっと》した。

「権助兄い。ちょっとここで待っていてくれねえか。女が待ち合わせ場所を間違えたのかもしれねえ。もし、そこにいなかったら、すっぽかされたってことだ」

そう言って、久米吉は諏訪《すわ》町のほうにあわてて駆けて行った。

「なんでえ、おけいだけじゃねえのか。気の多いやろうだぜ」

権助は鼻で笑った。心の中では女がすっぽかすほうに期待をしていた。

そのとき、並木《なみき》町のほうから提灯が揺れてやって来た。辻駕籠《つじかご》だ。駕籠が権助の目の前を通り過ぎたあとに、久米吉が戻って来た。

「ちくしょう。やっぱし、すっぽかされたようだ」

忌《い》ま忌ましげに言い、久米吉は顔をしかめた。ざまあみやがれ、と権助はほくそ笑み、

「まあ、今夜のところは諦めるんだな」

と、なぐさめるように言った。

「仕方ねえ。だが、このままじゃ気分が治まらねえ。呑《の》んで憂《う》さを晴らすしかねえ。兄い、ちょっと付き合っちゃくれねえか」

久米吉はやけくそのように誘った。

「よしと言いてえところだが、あいにく持ち合わせがねえんだ」

「俺から誘ったんだぜ。兄いにそんな心配はさせねえ」

「そうか」

権助は舌なめずりをした。

「じゃあ、田原《たわら》町にあっしの行きつけの居酒屋があるんですよ。そこの女将《おかみ》が滅法《めっぽう》いい女なんですぜ。そこまでお付き合いいねがえますか」

「田原町か。また戻るのか。まあ、いいか」

酒にありつけるならどこにでもついて行くつもりだが、滅法いい女というのも気に入った。先に立った久米吉のあとを追う。

「それにしても、おめえもまめだな」

「そうでもねえんですよ」

「そういやあ、おめえは何をしているのか聞いちゃいなかったな」

矢場で顔を合わせても、ちょっと言葉を交わす程度だから詳しいことは知らなかった。

「あっしですか。あっしは何でも屋ですよ。口入れ屋のくれた仕事をなんでもやっていますぜ」

「なんだ、俺と同じか」

飽《あ》きっぽい性格で、何をやっても長続きをしない。口入れ屋で仕事を紹介してもらうが、ほとんどは力仕事だ。だから、ときたま盛り場で金の持っていそうな商家の旦那か若旦那ふうの男に因縁を吹っ掛けていくらかの金を巻き上げる。そんな生活をしていた。

久米吉は足が早いので、権助は遅れがちになった。

「そんなに急ぐな」

追いついて、権助が不平を言ったとき、夜陰に悲鳴が轟《とどろ》いた。

「なんだ」

権助は耳をそばだてた。

「喧嘩《けんか》でもあったんですかねえ」

久米吉は気のなさそうに言い、

「さあ、行きましょう」

と、再び歩きかけた。

「待て」

権助が厳しい顔になった。

「誰か駆けてくる」

権助は夢中で悲鳴のほうに駆け出した。すると、駕籠かきが泳ぐように逃げて来るのに出会った。

「どうしてえ」

「辻斬りだ」

「辻斬りだと？」

左手前方は浅草御蔵の土蔵が並んでいる。八幡《はちまん》宮大護《だいご》院の門前の先のくらがりに駕籠が横倒しになり、提灯が燃え尽きていた。傍らに黒いものが横たわっていたのはひとだ。

「あいつだ」

黒覆面の侍が元旅籠《もとはたご》町の角に消えた。

「奴のあとをつけるぜ」

侍の消えた方に向かいながら、権助は言う。

「だいじょうぶか」

「おまえはいい、来なくて」

「兄い。あっしも行く」

「かってにしろ」

金になるかもしれないと、権助は勇んで侍のあとをつけた。

侍は早足に寺の脇を通り、新堀川《しんぼり》に出た。橋を渡ると、武家地だ。小身の旗本や御家人などの組屋敷が集まっている一帯に入って来た。途中、覆面を脱いだようだが、後ろからでは顔は見えない。

辻番の前も平然と素通りした。旗本が管理している辻番は経費節約のために老人が番人として詰めている。権助も辻番人に軽く会釈をして過ぎる。

同じような造りの屋敷が続く。組屋敷の木戸を横目にまっすぐ行き、やがて長屋門の構えの屋敷の前で立ち止まった。そして、振り返った。暗くて顔は見えない。尾行に気づいたのか、急に侍は駆け足になってくらがりに消えた。

「しまった」

権助はあわててその周辺を歩き回ったが、どこに消えたのか侍の姿はなかった。

「ちっ。見失ったか」

「兄い。奴はこの一帯のどこかの屋敷に入ったんですぜ。旗本か御家人の部屋住みかもしれませんぜ」

「正体を摑《つか》めば、金になるかと思ったが」

権助はもう一度舌打ちした。と、辻番所の番人が怪《あや》しんでいるのか、こっちを見ている。権助ははたと気づいた。

「この辺りの侍なら辻番が顔を知っているかもしれねえな」

「さあ、どうでしょうか」

「ちょっと待ってろ。確かめてくる」

「あっ、兄い。ただじゃ教えてくれませんぜ。俺に任せてくれ」

そう言い、久米吉はいきなり辻番に向かって駆けて行った。

なるほど、ただではだめかもしれない。番人が知っていることを期待して待っていると、道の真ん中に何か落ちているのを見つけた。拾うと煙草入だった。赤漆革の上物だ。

久米吉が戻って来たので、あわてて懐にしまった。

「ちょっと金をつかませたら教えてくれやしたぜ。さっきここを通ったのは旗本鵜飼錦右衛《うかいきんえ》門《もん》の弟で、錦吾《きんご》っていうそうです」

久米吉が低く言った。

「部屋住みの鵜飼錦吾か」

「でも、兄い。証拠がねえから町方にはまだ届けられねえですぜ」

久米吉が用心深く言った。

「町方に言ったって金になるもんじゃねえ。殺されたのは商家の旦那ふうじゃねえか。家族に殺《や》ったのは誰々だと教えてやれば礼金でも出すだろう」

「なるほど。それが狙《ねら》いで、侍のあとを」

久米吉が感心したように言うのを、

「いいかえ。この件は俺に任せてもらうぜ。いいな」

と、釘を刺した。

「そりゃ、もちろんですぜ。で、兄い。あっしに何か役に立つことがあれば言っておくんなせえ」

「そうだな」

権助は道を戻りながら頼んだ。

「じゃあ、殺された人間のことを調べて来てもらおうか」

「合点ですぜ」

久米吉と別れ、まっすぐに本所一ッ目《ほんじょひとつめ》町の裏長屋に帰って来た。

静かに歩いても路地の踏み板がみしりとなる。油障子を開けて土間に入り、水瓶《みずがめ》の水を呑んだ。それから拾った煙草入を取り出した。確かに上物だ。あの侍が落としたのかもしれない。

酒を呑み損《そこ》ねたことが心残りであったが、うまくいけばいくらかの金になるかもしれないので、気持ちは昂《たかぶ》っていた。

翌日は雲が垂れ込め、ときおり突風が吹く。そのたびに立ち止まって目を伏せる。

浅草御蔵に行くと、死体も駕籠も片づけられていたが、ゆうべの生々しさが蘇って来た。蟹《かに》の甲羅のような顔をした岡っ引きがうろちょろしていた。

黙って行き過ぎようとして、いきなり声をかけられた。

「呼びとめてすまねえな。おめえさん、いつもここを通るのかえ」

「いえ、ほとんど通りやせん」

卑屈に腰を屈《かが》め、権助は答える。

「そうか。ならいいぜ」

目撃者を探しているのかもしれない。権助は逆にきいた。

「ゆうべ、辻斬りが出たそうじゃありませんか」

「ああ」

「殺されたのはどなたなんでしょう」

「そんなことはおめえに関係あるめえ」

じろりと睨《にら》み、岡っ引きは去って行った。

ちっと舌打ちして踵を返したとき、権助兄いと声をかけられた。大護院の境内から出て来たのは久米吉だった。

「兄いもこちらでしたか。わかりやしたぜ」

「殺された男の身元だな」

権助はきいた。昼間改めて見ると、久米吉は案外と歳がいっていそうだった。権助は二十六歳だが、ひょっとしたら同い年か少し上かもしれねえと思った。

「へえ。浅草茅《かや》町の質屋『大和屋《やまと》』の主人でした」

「質屋だと」

権助は大きな土蔵のある質屋を思い浮かべた。

権助はそこから来た道を戻った。浅草茅町は浅草御門の北詰で、今通って来たばかりだった。

風が唸《うな》りを上げて、土埃《つちぼこり》を舞い揚げる。土煙に火の見櫓《やぐら》の上のほうは隠れ、辺りは夕方のような薄暗さだ。

桶が転がって天水桶にぶつかった。道行くひとも顔を俯《うつむ》け、手をかかげ風を遮《さえぎ》りながら歩く。

茅町は人形問屋や羽子板屋など商店が多く、端午《たんご》の節句が近いせいか、五月人形を求めるひとで賑《にぎ》わいを見せている。そんな中で、大きな土蔵のある大和屋は店を閉め、ひっそりとしていた。

忌中の張り紙があり、弔問客の出入りが多い。その様子を、少し離れた絵草子屋の横から眺めた。

八丁堀の同心が弔問客に目を配っているのがわかった。

「兄い、ゆうべも言いましたが、まだ鵜飼錦吾って侍がやったって証拠はないんですぜ」

久米吉が忠告するように言う。

「おめえはよけいな口出しをしなくていい」

「へえ」

久米吉は少し不満そうな顔した。

恰幅《かっぷく》のいい壮年の男が弔問に来たらしい武士を見送って外に出て来た。質屋を利用している旗本か御家人かもしれない。

「あれが娘婿の孝之助《こうのすけ》って男です。実質、商売はあの孝之助が仕切っていたようですぜ」

「おめえ、詳しいな」

「じつはあっしもあそこに何度か世話になったことがありますから」

「そうか。あいつが新しい主人か」

権助はあの男に話を持ちかけてみようと思った。

二

風は午後になっても止まなかった。このような日に火事が起これば大火災になる。火事ばかりではない。荒れた天候に乗じて無法を働こうとする輩《やから》もいないとは限らない。その警戒のために、南町奉行所の与力青柳剣一郎《あおやぎけんいちろう》は朝から供の者とふたりの同心を引き連れて市中を巡回していた。着流しに巻羽織という姿である。

剣一郎は例繰方《れいくりかた》という掛かりに属していたが、風烈《ふうれつ》廻りという掛かりも兼任していた。ふだんは同心ふたりが巡回しているのだが、きょうのように風の烈しいときは剣一郎も風烈廻りとして巡回に加わることがある。

下谷広小路《したやひろこうじ》から下谷御成《おなり》街道を通って神田仲《かんだなか》町を過ぎて神田花房《はなふさ》町に差しかかったとき、前方にひとだかりを見た。屋根の上の看板に油問屋『加賀屋《かがや》』とある大きな店の前でひとがたむろしている。

すかさず剣一郎は同心を走らせた。

「出役《しゅつやく》でございます」

戻って来た同心が興奮した声で報告した。なるほど、近づいてみると、野袴に火事羽織、火事場頭巾をかぶった検使与力や鎖帷子《くさりかたびら》に鉢巻きの捕り方同心の姿を見つけた。

剣一郎が市中見回りのために奉行所を出たあとで、捕物出役の訴えが町内からあったものらしい。

剣一郎は野次馬をかき分けて前に出た。

「青痣《あおあざ》与力だ」

そう囁《ささや》く声が耳に届いた。剣一郎の頰《ほお》の疵跡《きずあと》を見たのであろう。

剣一郎は筋肉質の長身で、眉が濃く、涼しげな目をした穏やかな顔だちなのだが、左頰にある疵が精悍な印象を与えている。

「どうしたんだ？」

南町から出役している若い与力の加納清五郎《かのうせいごろう》に声をかけた。

「これは青柳さま」

加納清五郎は救われたような顔をして、

「あの『加賀屋』の店の奥で、主《あるじ》夫婦を人質に浪人者が三人、蠟燭《ろうそく》の火を持って閉じ籠《こ》もっております」

と、訴えた。

町名主から奉行所に訴えがあり、検使与力として当番方の加納清五郎が命を受け、捕方同心ふたりに小者たち十数名を引き連れて駆けつけたが、賊は火を放つと息まいていて手出しが出来ぬという。

「立て籠もってどのくらい経っ？」

「そろそろ一刻《とき》（二時間）近くになろうかと」

「まずいな」

剣一郎は空を見上げた。風は相変わらず強い。ただ手を拱《こまね》いていて時ばかり経って、賊が自棄《やけ》になって火を放ったらたいへんなことになる。

「奴らの要求は？」

「加賀屋の娘を出せと」

加納清五郎の話はこうだ。

一月《ひとつき》ほど前、町の地回りにからまれていた加賀屋の娘おきよを、野田喜十郎《のだきじゆうろう》という浪人が助けた。加賀屋の主人はたいそう喜び、野田喜十郎を家に招き、ごちそうして礼を言い、さらに喜十郎も囲碁をたしなむことから、たびたび喜十郎が加賀屋を訪ねて来て、奥の部屋で囲碁をやるようになった。

ある日の囲碁の対局で、喜十郎が勝ったら婿《むこ》養子にしてもらうという約束をした。結果、喜十郎が勝った。喜十郎は約束通り、侍をやめ、おきよの婿として加賀屋に入る。そう加賀屋に切り出したところ、加賀屋の主人はそんな約束はしていないと拒絶。この遺恨がきょうの騒ぎの因《もと》らしい。

おきよは同心の横で女中らしい女に肩を支えられて状況を見つめていた。剣一郎はおきよに訊《たず》ねた。ほぼ同じ返答だった。

「遅いぞ。娘はまだか」

突然、店の中から声がした。剣一郎が店先を見ると、火のついた蠟燭を手にした髭面《ひげづら》の浪人者が捕方を威嚇《いかく》している。

食いっぱぐれの浪人者であろう。望み通り、野田喜十郎が婿に入れば金が手に入ると期待してのことだろう。しかし、うまくいくと思っているのか。

「青柳さま。何とかなりませぬか」

剣一郎の頰の疵は当番方与力だった頃に、やはり人質事件の捕物出役したときに受けたものだ。同心たちがてこずっていた賊十人のところに単身で乗り込み、十手一つで叩きのめした。このときに受けた疵が青痣となって残っている。その刀疵は剣一郎の豪胆さを示すものとして周囲の者はとらえている。

そして、この青痣が出来てから、剣一郎は子が出来、奉行所内で頭角を現してきた。あの青痣が剣一郎に運をもたらしたのだと、与力や同心たちは剣一郎のことを、敬意と親しみと、そしてやっかみを込めて、青痣与力と呼ぶようになった。

「役目は違うが、相手は火事を起こそうとしている。無関係とも言えぬ」

と、剣一郎は自分にいい聞かせた。

「いたずらに時ばかりを稼いでいることこそ危険だ。手出しはしないように」

剣一郎は加賀屋の入口に立った。ふと、伜剣之助《せがれけんのすけ》の顔が過《よぎ》り、娘るいの顔が浮かんだ。ふたりともまだ小さい。俺が死んだらという気弱な思いは一瞬で過ぎ去った。

「与力の青柳剣一郎と申す。私ひとりだ。野田喜十郎どのと話がしたい。野田どの、出て参られよ」

と大音声《だいおんじょう》に言い放つと、しばらくして奥から、通せという声が聞こえた。

髭面の浪人が剣一郎に目顔で上がれと言った。

通り庭を抜けて台所に行くと、柱に主夫婦が縛《しば》られており、その横に三十過ぎと思える、顎のひげそりあとの青々とした浪人が抜刀して立っていた。

「野田喜十郎どのでござるな」

剣一郎は呼びかける。

「八丁堀と挨拶《あいさつ》などする暇《ひま》はない。早く用件を申せ」

剣一郎の頬の疵を見て、野田喜十郎は一瞬たじろいだようだ。

「このたびのこと、仔細《しさい》は承《うけたまわ》った。が、このようなことをして、いったい何を望まれるおつもりか」

精一杯与力の威厳を見せて言った。

「しれたこと。約束を果たしてもらうまでだ」

「正気か」

「なに」

野田喜十郎は気色ばんだ。主夫婦は色を失っている。

「強引に婿に入ってもうまくいくはずはないと、自分でも思っているのではないかな。だとすれば、あとは意趣返しか金目当て」

野田喜十郎は顔をしかめた。

「そこの御仁は何のために仲間になった？」

髭面の浪人は憮然とした。

「金だろう。まさか、野田どのといっしょに命まで棄ててかかっているとは思われぬ」

「うるさい。早く娘を寄越すようにしろ」

浪人が喚く。

「惜《お》しいな。あたら、勇猛な侍をこのような形で失うとは」

剣一郎はいやいやをするように首を横に振った。

「ふざけるな」

「ふざけてはいない。おぬしたちがここに立て籠もって一刻が経とうとしている。ふつうであれば、おぬしたちの気はいらだち、神経は昂ってくるものだ。が、どうだ。おぬしたちは冷静だ。よほどの胆力のある者と見た」

剣一郎は相手を持ち上げてから、

「だが、胆力ほど知力はないな」

「言わせておけば」

髭面の浪人が刀の柄に手をかけた。

「ほら、だから知力がないと申したのだ」

「なに」

「ここで、私を斬ってみなさい。無腰とて私は抵抗する。手間取る間に、捕方は一斉に駆け込んでくる。おぬしたちの望みは叶わぬことになる。私から知恵を授かろうという知力さえも持ち合わせていないことになる」

剣一郎は笑顔を作り、

「野田どの。本心はいかがかな。婿になることなど無理だと思っているのであろう。だから、娘を斬り、自分も自害をする。そういう所存ではないのか」

野田喜十郎は返答に詰まった。

剣一郎は髭面の浪人に目を向け、

「おぬしたちは野田どのの意趣返しの自害に加担するだけだ。割があわんと思わんのか。ばかばかしいとは思わんのか」

「この者の言うことを聞くな。斬ってしまえ」

野田喜十郎が吐き捨てた。

「物騒なことを言うではない。野田どの、おぬしはそれほど加賀屋が憎いのか」

「加賀屋はひとを虚仮《こけ》にしたのだ。許せん」

怒声を聞いたのだろう、裏手を見張っていたらしいもうひとりの浪人者も顔を出した。

「野田どのの気持ちはよくわかる。しかし、娘さんを殺しても何にもならんじゃないのか。死んだあと、極悪人の汚名が着せられるだけだ」

他の浪人者に目を向け、

「おぬしたちは野田どののために死ぬのか。野田どのはいい。意趣返しのために命をかけているのだからな。でも、おぬしたちは違う。金が目的ではないのかね」

「そうだ。金が欲しい」

髭面の男が本音を口にした。

「だが、押し込みをやる勇気はない。だから、加賀屋を威《おど》せば金になるという野田どのの誘いに乗った。そういうことではないのか」

「まあ、そうだ」

いつの間にか浪人たちは剣一郎の術中に陥《おちい》っていた。

「ところが野田どのは金が目的ではない。最初から無理心中を覚悟している。さあ、おまえさんたちはどうしますか。あとを追って自害しますか」

「ばかな」

髭面が顔をしかめる。

「しかし、野田どのが無理心中をしたら、おまえさんたちは行き場がなくなってしまう。腹を斬るしか術《すべ》がなくなる」

「違う。俺だって金が目当てだ」

野田喜十郎が叫んだ。

「娘を人質に金を手に入れようとしたのか」

「加賀屋への意趣返しではないのだな。それは言い訳に過ぎなかった。そういうことで、よろしいか」

「うむ」

野田喜十郎は不快そうに頷いた。

「よし。じゃあ、落ち着いて考えてみよう。おまえさんたちはうまく金が手に入ると思うかね。よしんば金を手に入れたとして、うまく逃げおおせると思うかね。外はすでに捕方が囲んでいる」

逃げられないことを諄々《じゅんじゅん》と諭《さと》したが、追い詰めてはならない。追い詰められたら、浪人たちは自棄になって何をするかわからない。出来るだけ、穏やかに続ける。

「どうだね。このまま突き進んで逃げても死罪は免れまい。だが、素直にお縄につけば助かる道がある。私がなんとかする」

もうひとりの浪人が目を輝かせて、

「どうすればいいのだ」

と、きいてきた。野田喜十郎がきっとした顔を向け、

「これは計略だ。八丁堀は汚い手を使うんだ」

野田喜十郎の言ったとおり、これは計略だ。これだけの騒ぎを起こして助かる道はまずない。だが、そうでも言わなければ、事態を収拾出来ない。

まずひっかかったのは他のふたりだ。ひとりが刀を捨てると、もうひとりも捨てた。

野田喜十郎は声を失っていた。

「さあ、あんたも刀を捨てるんだ」

「無念だ」

野田喜十郎は膝を折った。そして、いきなり刀身を自分に向けた。その刹那、剣一郎はさっと飛び込み、喜十郎の手をとった。

「やめろ」

「生きていてもどうしようもない」

「生きていればいい目もみよう」

「俺のような部屋住みが浮かび上がる世の中ではない」

「部屋住み？」

「俺は御家人の三男坊さ。子供の頃から邪魔者扱いされ、長じてからが養子の当てもなく、拗《す》ねた結果の勘当。今じゃ、この通りの浪人暮らし」

武士の御家を継ぐのは長男であり、次男、三男は養子に行くしかない。それでも養子先があればいい。

「家を継いだ兄とて、貧しさに苦しんでおる。今の世は金だ」

剣一郎は野田喜十郎の境涯に激しく胸を打ちつけられる思いがした。と、同時に頬の疵が一瞬疼《うず》き、あわてて頬に手を当てた。

野田喜十郎の尾羽打ち枯らした姿に己の姿を映し出し、最初の思いとは別の言葉が剣一郎の口から飛び出していた。

「おまえさんたちは本気で金を強請《ゆす》りとろうとしたわけではない。ただ、酔っぱらってこんな真似《まね》をしてしまった。そうではないのか」

剣一郎は縛られている加賀屋の主人の傍により、

「どうだ、加賀屋さん。あんたも野田さんに少しでも負い目があるなら私に任せてくれないか」

加賀屋は怯《おび》えと憎《にく》しみのこもった目を野田喜十郎に向けた。

「加賀屋さん。野田どのを吟味所に引き出せば、婿の約束も問題となるぜ。そうなったら、加賀屋さんだって面倒なことになるのではないか」

剣一郎が威すと、加賀屋は目を伏せた。

「野田どののさっきの言葉を聞いただろう。加賀屋さんに意趣返しをしようなんて思っちゃいないんだ。ここは丸く収めたほうがいいと思うんだがな」

「はい。お任せいたします」

身をすくめて加賀屋が頷《うなず》いた。

「よし、話はついた。じゃあ、おまえさんたち、そんな危ないものは消してもらおうか。それからふたりの縄を解いてやりなさい」

「ばか言うな。おまえの口約束なんか取り調べのときの吟味与力がきいてくれなきゃ何にもならねえじゃねえか」

「それは心配ない。吟味方にもよく私から話しておく」

浪人者は疑わしそうな目を向けた。

「嘘じゃない。さあ、納得いったらふたりの縄を解いてやりなさい」

髭面の浪人があわてて主夫婦の縄を解いた。剣一郎は主夫婦に向かい、

「酒があったら出してもらいたい」

内儀《おかみ》が指さした棚に徳利があった。剣一郎は徳利を摑み、三人に酒を呑ませた。

「もっと呑め」

三人は戸惑いながらなみなみつがれた茶碗酒を口に運んだ。

「じゃあ、行こうか」

三人は目の縁を赤くして、剣一郎のあとに従った。

捕方たちがどよめいた。

剣一郎はやって来た同心に、

「この者たちは酒に酔って狼藉《ろうぜき》を働いたようで、だいそれたことを企てたわけじゃない。このように素直について来た」

あっけない幕切れに、加納清五郎たちは戸惑い顔をしていた。いや、当の浪人たちも何が起こったのか理解出来ないような顔つきだった。

浪人たちが奉行所に引き立てられたあと、剣一郎は市内の見回りを続け、七つ（午後四時頃）前に奉行所に戻り、長屋門《ながやもん》の横にある潜り門から中に入った。

長屋門から敷石が玄関まで続いている。剣一郎は長屋門の左にある小門を入った。そこは仮牢になっている。先程の浪人者は町奉行の許可を得て入牢証文が作られて、はじめて小伝馬町の牢屋に送られる。それまでは門を入って左手にある仮牢で過ごすことになる。

剣一郎は牢屋同心に断り、鞘《さや》という太い格子で仕切られた土間に入り、仮牢を覗いた。

野田喜十郎ら三人の浪人がおとなしくしていた。野田が剣一郎の顔をすがるように見た。

心配するなと目顔で言い、剣一郎は玄関から上がり、板廊下を伝って与力部屋に向かった。すると、用部屋の前を過ぎようとしたとき、いきなり障子が開き、中から声をかけられた。

「青柳どの、待たれい」

公用人の長谷川四郎兵衛《はせがわしろべえ》だ。公用人は内与力である。内与力とは奉行が任官時に連れて来た懐刀《ふところがたな》であり、奉行職を解かれれば去って行く与力である。つまり半年ほど前に南町奉行に就任した山村良旺《やまむらよしあきら》の譜代の家来である。

剣一郎は板廊下に畏《かしこ》まった。他の内与力たちが白い目を向けている。

「青柳どのが浪人者の説得に当たられたようだな」

長谷川四郎は厳しい目を向けた。

「いえ、説得したというほどのこともありません。酒に酔った浪人三人が加賀屋で暴れただけでして、酔いが覚めて来て自らの振る舞いに驚いていた様子。神妙にお縄につきました」

「訴え出た者が早合点をしたというのか」

疑わしい目で、長谷川四郎兵衛はじろりと睨んだ。いやな目だ。奉行の威を着ているので態度が大きい。

「さようでございます」

剣一郎は平然と答えた。

「あれほどの騒ぎの割にはなんともあっけない幕切れであったよのう」

「はい。大事にいたりませんで安堵いたしました」

「青柳どの」

「はあ」

剣一郎は平伏した。

「勝手な振る舞いは許されることではないと思うが、いかがか」

「勝手な振る舞いと仰《おお》せられますと？」

「そなたは与力仲間の受けがよいことに増長し、お裁きにいらぬお節介を焼いているようではないか」

「そんなことございません」

「ないと申すか」

「はい」

「それならよい。そういうことが目に余れば、そこに不正が働いているやもしれぬという疑いがはさまれかねぬ」

長谷川四郎兵衛は何かと剣一郎を目の仇《かたき》にする。いったい俺の何が気に障《さわ》るのか。

「今のお言葉、しかと肝に銘じておきます。しかしながら、きょうの浪人たちは金を持っておりません。不正などあり得ません」

剣一郎は部屋にいる内与力皆に聞こえるように言ったあとで、こういう態度が気に障るのだろうかと思った。

「ええい、もうよいわ」

癇癪《かんしゃく》を起こしたように、長谷川四郎兵衛は顔をしかめた。

「この青痣め」

辞儀して立ち去る背中に、長谷川四郎兵衛の吐き捨てた声が届いた。


いつもは七つ（午後四時頃）には奉行所を退出するのだが、とんだ事件の発生のために剣一郎が数寄屋橋御門内の南町奉行所を出たのは七つ半（午後五時頃）だ。

夕方になって風も収まり、天候も回復して来た。巡回には着流しに巻羽織という姿だが、出勤は継上下《つぎかみしも》、平袴に無地で茶の肩衣《かたぎぬ》、白足袋《たび》に草履を履いている。

槍持、草履取り、挟箱《はさみ》持、若党らの供を従えて、堀沿いを行って比丘尼《びくに》橋を渡り、京橋《きようばし》川の河岸を伝い、それから楓《もみじ》川に沿って歩く。剣一郎は川沿いの道が好きなので、いつもこの道で通っている。

昼間の強風が嘘のように初夏の風が気持ちよい。どこぞの屋敷か、庭の藤が見事だ。剣一郎はしばし立ち止まった。供の者も足を止める。そういえば、御竹蔵も藤はもう移ろってきたようだ。今は桐《きり》の花か。

再び歩みはじめ、楓川を新場橋で渡る。この辺り一帯を八丁堀と総称している。剣一郎の組屋敷は北島町にある。

組屋敷の冠木《かぶき》門に差しかかると、若党の勘助《かんすけ》が一足先に門を潜《くぐ》って、「おかえり」と奥に向かってよく通る声で報せた。

隣家の医者良沢《りょうたく》の家から出て来た商家の内儀らしい女が剣一郎に頭を下げた。

与力の与えられた敷地は三百坪で、剣一郎はこの半分を医者に貸している。医者に貸すことにしたのはいざというときに便利であったからだ。これは剣一郎の妻女多恵《たえ》の考えで、現に子供が幼い頃、何度か良沢に夜中に診《み》てもらったことがあった。

剣一郎が冠木門を潜り、小砂利を敷いた中を玄関に行く。式台付きの玄関に多恵と伜の剣之助、娘のるいが出迎えた。八丁堀以外の旗本では、玄関に妻女が出てくることはない。奥方はまさに奥の役目だけを負っているのであり、玄関への送り迎えは用人がする。

このように武家の煩《わずら》わしい仕来りがないのが与力や同心の特徴だ。

町奉行所の与力や同心は罪人を扱うので、武家仲間では軽蔑されていた。与力は二百石取りであるが、同じ二百石取りの旗本とは格式待遇がまったく違うのである。しかし、旗本のように格式にあった生活をしなくてすむので、こういった点でも剣一郎は文句はなかった。

ある意味では与力や同心は武士といっても町人に近い暮らしをすることが出来たのだ。

多恵は丸髷《まるまげ》に結い、化粧をして眉を剃り、歯を染めている。与力の奥方としての威厳が滲《にじ》んでいる。剣一郎は剣之助とるいの元気な顔を見て目尻を下げて玄関を上がった。

廊下を奥に向かう。すぐ後ろを多恵が裾を引いて歩いて来る。清楚で美しいという評判だった頃の姿とまったく変わらない。ただ、おとなしく控え目だったのが、ふたりの子供を産んでから凛乎《りんこ》とした様子になっている。

部屋に戻って、やっと落ち着いた。役所で、気難しい顔をしているのが与力の本分と心得ているような上役たちと顔を突き合わせているのはなかなか辛いものがある。その気持ちを面に出さないようにするだけでも気苦労だ。

剣一郎の脱いだ継上下を畳みながら、多恵が言った。

「きょうは油問屋の『加賀屋』さんがたいへんだったそうでございますね」

「なんだ、もう知っておるのか」

多恵の早耳に驚いていると、剣之助とるいがやって来た。

「父上。きょうのお働き、お見事でございました」

剣之助に続いて、るいも、

「お見事でございました」

と、可愛らしい笑顔で続けた。

「誰ぞにきいたのか。たまたま、運がよかっただけだ」

剣一郎は相好を崩す。が、剣之助が真顔になって言った。

「私も同じような場面に出会ったら、父上と同じように単身でも乗り込んで行けるように胆力を鍛《きた》えていきたいと思います」

まじめで生一本な剣之助の性根を頼もしく思う反面、その真《ま》っ直《す》ぐさが今は亡き兄と重なり不安になる。

「相手がどんな人間なのかわからぬのに単身で乗り込むのは危険が多過ぎる」

「では、なぜ父上は乗り込んだのですか。これ以上、ほうってはおけぬと思ったからではないのですか」

「そうだが――」

兄に対する負い目が常に俺を駆り立てるのだと言っても、剣之助にはまだわかってもらえないだろう。

「父が言いたいのは、まず自分の命を大切にするということだ」

剣之助はまだ何か言いたそうだった。

剣一郎は逃げるように、るいに目を向けた。

「るい。お琴の腕は上がったかな」

「はい。お師匠さまに上達したと褒《ほ》められました」

「そうか、そうか」

廊下に足音がして、いったん部屋を出て行った多恵が戻って来て言った。

「お夕餉《ゆうげ》の支度が整いましたよ」

「よし、行こうか」

両膝をぽんと叩き、剣一郎が立ち上がると、続いて剣之助もるいも立ち上がった。

濡れ縁からふと見上げた西の空に残照が妙に紅いように感じられた。

玄関にひとの訪れる声がした。応対に出た多恵が戻って来た。その曇った表情に異変を察した。

「誰が来たのか」

「大和屋の番頭さんです」

大和屋は浅草茅町にある質屋である。亡き父の代から大和屋とはつながりを持っている。今宵、大和屋はここに訪ねてくることになっていた。

質屋は古着屋、古鉄屋などと同様、盗品が出回ることも多い。もし不吟味にして盗品を質にとった場合には処罰される。事件に巻き込まれるといったことばかりでなく、利子の問題とか、取り締まらなければならないことも多く、それだけ奉行所と密接な関係にあった。

剣一郎の父は吟味方から年番方へと出世していった与力である。大和屋は父になにかにつけ相談してきており、そのことから剣一郎も大和屋庄左衛門《しょうざえもん》を幼い頃から知っていた。

そして、剣一郎の代になってもその関係は変わらなかった。

もちろん、与力と質屋という関係ではあり、そこに大和屋への配慮と貢ぎ物が介在しているが、お互いに信頼しあってきた仲である。

「大和屋さんがお亡くなりになったそうです」

「亡くなった？」

「ゆうべ、蔵前通りを駕籠に乗って帰る途中に追剝《おいはぎ》に遭い、殺されたそうでございます」

「大和屋が追剝に殺されたと言うのか」

「通夜は明日だそうです」

多恵は悲しみをこらえて毅然として言った。

三

翌日の夜、剣一郎は奉行所から戻ると、地味な着物に着替えて大和屋庄左衛門の通夜に出かけた。

浅草茅町にある大和屋に行くと、入口に高張提灯の明かり。通夜の客でごった返しているのに、声一つせず静かだった。僧侶の読経《どきょう》が流れている中、焼香を済ませると、剣一郎は婿の孝之助に別間に呼ばれた。

沈痛な面持ちで、

「義父のためにありがとうございました」

と、孝之助は通夜に参列した礼を述べた。

孝之助は三十五歳。中肉中背で、色白な優男《やさおとこ》ではあるが、目つきの鋭さは並の男にはないもののように思える。落ち着きはらった態度には大店を背負って立つ風格があった。なかなかの遣《や》り手であることを、以前より庄左衛門から聞いていた。事実、孝之助に商売を任せてから、大和屋はますます繁盛しているという。蔵前の札差《ふださし》の手代をしていた孝之助を見初め、娘婿にしたのが庄左衛門である。

「庄左衛門どのにはお世話になりましたから。それにしても、驚きました。まさか、追剝に遭われたなどとは――」

「浅草並木の料理屋で株仲間の寄合がございました。その帰り、ちょっと知り合いの者の店に寄って来るとのことでございました。帰りは駕籠に乗るから心配はいらないと申しておったのですが」

知り合いの者というのは元大和屋にいた女中で、今は浅草並木町で『みつ』という小料理屋を開いていて、ときたま庄左衛門はその店に顔を出しているという。

女中だった女になぜそこまで肩入れをするのかときこうとしたとき、庄左衛門の内儀が茶を持ってやって来たので口をつぐんだ。

しっかり者と評判の内儀だったが、やつれが目立ち、二つ三つは老けたように見えた。

「青柳さま。今宵はありがとうございました」

鬢《びん》に白いものが浮かんでいる。

「さぞ、驚かれたことでありましょう」

「はい、悔《くや》しゅうございます。ただ、孝之助がおりますから商売のほうはなんとかなります。孫も出来、そのことだけが救いでございます」

剣一郎は気丈に振る舞う内儀を痛ましく見つめた。仲のよい夫婦だった。よく、ふたりで芝居見物や近郊の行楽に行っていたらしい。

「きっと、仇は奉行所でとってみせます」

剣一郎は言ったが、きょう奉行所で遇った定町廻り同心の植村京之進《うえむらきょうのしん》から聞いた話では犯人の手がかりはまだ摑《つか》めていないらしい。

「ところで、庄左衛門どのはゆうべ私に会いに来ることになっておりました。何か大事な話ではなかったのか」

剣一郎は改めて訊ねた。

「左様でございますか。私は存じあげませんでした。内儀さんは聞いておりましたか」

孝之助が内儀にきいた。

「いえ、なにも」

内儀も不思議そうな顔をした。

「そうか。お袖《そで》はどうだろうか」

お袖は孝之助の妻女である。つまり、大和屋の実の娘だ。

「お袖を呼んで来ましょう」

そう言って、内儀が立ち上がった。

それほど待つ間もなく、お袖がやって来た。大和屋に似たふくよかな顔だちだが、鬢がほつれ、目には泣きはらしたような跡があった。

「おまえ、大旦那さまが青柳さまにどんな御用がおありだったか知らないか」

孝之助が穏やかな物言いできいた。

「いえ、聞いていません」

お袖は悲しみに沈んだ声で答えた。

「そうですか」

剣一郎は改めて用向きを考えてみた。家人の知らないことはともかく、孝之助も知らないとなれば商売上のことではないのだろう。

大和屋が寄合の帰りに寄ったという小料理屋の女将《おかみ》のことが気になる。大和屋の女中だったということだ。そのことは内儀やお袖の前ではきくわけにはいかなかった。

廊下につかつかと足音がして、手代ふうの男がやって来て、部屋の前で畏《かしこ》まった。孝之助は立ち上がり、手代の前に片膝をついた。手代が体を伸ばして耳打ちすると、孝之助は顔をしかめ、そして剣一郎に目を向けた。

その意味ありげな様子に、剣一郎はきいた。

「何かあったのですか」

孝之助がすぐに剣一郎の前に戻って、

「じつは外に追剝の正体を知っているという者がやって来たそうでございます」

「追剝の正体を知っているだと」

剣一郎は、

「会ってみてはいかがですか」

と、勧めた。

「金目当てでございましょう。第一、信用出来るかどうか」

孝之助は不愉快そうに言った。

「話を聞いてみなければわかりません」

「左様ですか。今、追い返すように言ったのですが、ではさっそく会ってみましょう。これ、裏手で待たせておくれ」

孝之助は手代に命じた。

手代が去って行ったあと、孝之助は踵《かかと》を上げ、それから片膝を上げた。立ち上がったあと、まくれた裾《すそ》を手でぱっと払い、孝之助は廊下に出た。

「私もいっしょに」

剣一郎も孝之助について裏木戸を出た。すぐ背後に大きな土蔵が闇の中で白く浮かび上がっている。

用水桶の脇で、大柄な熊のようないかつい顔の男が待っていた。孝之助の顔を見ると、背中を丸めて近づいて来た。丸い顎の先に黒子《ほくろ》が二つ並んでいる。

「追剝を見たというのはあなたですか」

孝之助が警戒ぎみにきく。

「へえ、さようで」

「おまえさんの名前は？」

「あっしは権助って言いやす」

「どうして、また権助さんが追剝を知っていなさるんで？」

「たまたま通りかかったんすよ」

「通りかかった？」

孝之助が険しい顔でき返した。

「どうして、現場に居合わせたんだね」

剣一郎が脇から口をはさんだ。

「へい。田原町で遊んで本所一ッ目の長屋に帰る途中でした。蔵前の正覚寺の辺りに差しかかったときにあっしを追い越して行った駕籠の駕籠かきが悲鳴を上げて逃げて来たんです。それで、駆けつけてみると、覆面をかぶった侍が逃げて行くところでした。そのあとをつけて行ったってわけです」

権助はへつらうように話した。

「なるほど」

剣一郎は頷《うなず》いた。まんざら作り話とも思えなかった。

「で、その侍とは誰だね」

「旗本ですぜ」

「なに、旗本だと」

剣一郎は覚えず声を高めた。

「へえ」

権助が頷いた。

「誰ですか」

孝之助が鋭い目を放ってきいた。

「その前にご相談なんですがね」

男はもみ手をして意地汚くにやついた。

「金か」

孝之助は口許を歪めた。

「見つかったら、ばっさりっていう危険を冒《おか》してまで、その侍のあとをつけて行ったんですぜ。どうか、そこんところをお酌《く》みなすっておくんなせえ」

侮蔑《ぶべつ》のような笑みを浮かべ、孝之助は懐の財布から一分金を出した。

「へえ、おありがとうぞんじます」

「何という旗本だ？」

剣一郎がきく。

「鵜飼錦右衛門という旗本の弟で、鵜飼錦吾って部屋住みです」

「間違いないか」

「この目でしかと」

権助は自信たっぷりと言う。

「このことは他に誰かに話したか」

剣一郎は確かめた。

「いえ。誰にも」

「権助とやら。俺は八丁堀の与力で青柳剣一郎と申す」

「げえ」

権助はのけぞった。逃げようとするのを、手を伸ばし襟首《えりくび》を掴んだ。

「別にとって食おうとはせぬ」

安心させてから、剣一郎は手を離した。

「ただし、今のこと、他言はならぬ。よいか。もし、約束を違《たが》えたら、犯人を知りながら町方に届けず、被害者宅に行って金をせびったということでしょっぴくことになる。よいか」

「へ、へい」

剣一郎の鋭い声に、権助は大きな体をすくめた。

「念のために、おぬしの住まいを聞いておこう」

「――」

「どこだ?」

「へえ。本所松井《まつい》町で」

「嘘つくな。さっきは本所一ッ目だと言っていた。いい加減なことを言うと、ただじゃおかねえぜ」

剣一郎が一喝すると、権助はすくみ上がって、

「本所一ッ目の平四郎《へいしろう》長屋でございます」

と、一息に言った。

「よし、行っていいぜ」

転げるように去って行った権助が暗がりに消えたあとで、

「青柳さま。今の話、信用出来ましょうか」

と、孝之助が厳しい顔できいた。

「なんとも言えぬ」

そう答えたとき、右頬の疵に痛みが走った。

この天明《てんめい》年間、老中田沼意次《たぬまおきつぐ》の代に江戸の大商人たちは大富豪として飛躍していった。中でも、豪勢を誇ったのが蔵前の札差《ふださし》である。

札差は幕府から旗本、御家人に支給される蔵米の売却を請け負うだけでなく、その蔵米を担保に高利貸しを行って大富豪になった商人である。十八大通《じゅうはちだいつう》と称された江戸の代表的通人のほとんどが札差であるように、その財力に物を言わせ、通人とか粋人とか呼ばれるような振る舞いをとった。

それとは逆に、旗本や御家人の暮らしはどんどん貧しくなっていった。今では武士としての見栄《みえ》を捨て、内職をしている者も多い。将軍ご直参としての矜持《きようじ》はなくなり、身を持ち崩して行く侍があとを絶たない。

とくに、旗本や御家人の次男、三男坊などの部屋住みはよほどによい養子先が見つからない限り、一生世に出る機会に恵まれず、貧苦にのたうちまわるしかないのだ。世を拗《す》ね、自堕落な生活から、やがて事件を起こすようになっていく。

鵜飼錦吾という部屋住みもそういう類《たぐい》かもしれない。先日の押し込みの浪人野田喜十郎もそうだった。

生まれた境遇は剣一郎も同じだった。兄の不慮の死がなければ、今ごろはどんな暮らしをしていたであろうか。

「鵜飼錦吾が大和屋に質入れに来たことはあるのだろうか」

剣一郎は頬の疵をさすりながらきいた。もう痛みは去っていた。

「台帳を調べてみなければはっきりはいたしませぬが、おそらくないと思います」

旗本や御家人が刀や脇差、あるいは武具や袴などの衣類を質入れすることがあることを知っているので、そのことを確認したのだ。

「そうか。この件は私から同心に伝えておきます。相手は旗本であり、へたに騒いであとで面倒なことになっても困りますから」

剣一郎は言ったが、深い考えあってのことではなかった。

「わかりました。それでは、さっきの話は私は聞かなかったことにしておきます」

孝之助は落ち着いた声で言った。

「ところで、庄左衛門どのが立ち寄ったという並木の小料理屋の女将とはどのようなご関係ですか?」

さっききけなかったことをきいた。

「はい。じつは以前、大旦那が手をつけた女中だそうです。名をみつと言いました」

「なるほど。すると、その店は大和屋さんが出して上げたのですな」

「そうだと思います」

「ふたりの関係はまだ続いていたのですか」

「いえ、それはないようです。ただ、ときたまお酒を呑みに寄っただけだと思います」

「なるほど。おや、呼んでいるようですな」

　庭のほうから番頭らしい男の呼ぶ声が聞こえた。

「それでは私はこれで」

　剣一郎が振り向くと、孝之助が微《かす》かに足を引きずりながら家に戻って行った。孝之助が札差の奉公人だった頃、荷車の荷が崩れ落ち、たまたま通りかかった大和屋が下敷きになりそうになり、孝之助が飛んで来て大和屋をかばった。そのときに重たい荷が孝之助の足を直撃した。そういう話を、大和屋から聞いたことがある。

　大和屋が孝之助を婿に迎えた理由の一つにはその恩誼《おんぎ》もあったのかもしれない。

　そんなことを思いながら、大和屋の表を通った。まだ通夜の客が引きも切らずにやって来る。店先の向こうに駕籠が置いてあり、供の者らしい男がふたり立っていた。

　帰宅して着替えていると、剣之助がやって来た。

「父上。大和屋さんのご家族の悲しみはいかばかりでしょう。早く犯人が捕まるといいのですが」

剣之助が若々しい声で怒りを見せた。

「そなたも大和屋には可愛がってもらったからな」

大和屋は剣之助とるいが幼い頃にはたびたび珍しい玩具を持って来てくれた。ふたりも、大和屋にはなついていた。

大和屋の柔和でふくよかな顔が目に浮かんできた。この手で犯人を見つけてやりたいが、事件の捜査は定町廻り同心の役目である。剣一郎は植村京之進の捜査を見守るしか術《すべ》はなかった。

「京之進が追剝を見つけ出してくれるであろう」

剣之助が自室に去ったあと、

「剣之助もだいぶおとなになったな」

と、剣一郎は目尻を下げてしみじみと言った。

「奉行所の中でも、そろそろ見習いに出したらどうだと言う声が出ている」

与力は一代限りということになっているが、実際は親が引退したあとに子供が新規御召し抱えになるので、見かけは世襲と変わらない。ただ、親の代で打ち切られ、子供ではなく他の者が召し抱えられても文句が言えなかった。

だが、ほとんどは親から子へと引き継がれる。ふつう伜が十三、四歳になると見習いに出て、親が引退するとその跡を継ぐ。もし、剣之助が見習いに出れば親子で奉行所に勤めることになる。

剣之助は今年十四歳になる。剣一郎は自分ではまだ若いと思っていたがもう三十六歳。それでもあと十年以上は現役でいける自信はあるが、剣之助は数年で一人前になる。自分は引退し、剣之助が新規お召し抱えということになるだろう。

あと数年――。剣一郎はちょっと複雑な思いを持った。

「大和屋さんの用件とは何だったのでございますか」

多恵の質問に、剣一郎は我《われ》に返った。

「家人は皆知らなかった。どうやら個人的なことらしい」

「個人的なことでございますか」

「大和屋には昔手をつけた女中がいたそうだ。その女は浅草並木で小料理屋を開いている。おそらく、その女に関係あることではないだろうか」

「その女とは今も続いているのですか」

「いや。とうに手が切れていたが、大和屋はときたま呑みに行っていたようだ」

多恵は少し考えるふうな表情をしたあとで、

「やはり、妙でございますね」

と、きっぱりと言った。

「妙? 何がだ?」

「そうでございましょう、大和屋さんは十両を包んで来たのですよ。その用件が昔の女のことだとは少し勘定が合わないように思えます」

「なに、十両とな」

五日ほど前に大和屋が訪ねてきて、ゆうべの訪問を約束したのだが、その際に大和屋は十両を包んで来たという。

剣一郎は誰がいくら包んで来たのかなどきいたことはない。もちろん、大和屋が手ぶらでやって来るわけはない。日頃から付け届けをもらっているが、それとは別に何かあると、いくらか包んでくる。

剣一郎は付け届けにはなんとなく後ろめたい思いがあるのだが、多恵はいっこうに意に介さない。剣之助は剣術道場と昌平坂《しょうへいざか》の学問所に通っている。るいも華道、茶道、お琴と習い事がたくさんある。

それより、家族四人のほかに、若党、小者、挟箱持、それに女中と五人の使用人がいる。それぞれの給金もあり、金はいくらあっても邪魔ではない。

与力の収入は二百石取りの旗本と同じであるが、付け届けがだいぶあるので、その収入を加えると、四、五百石級の生活が出来た。それに、旗本のように格式に縛られることがないからよけいな出費はないのだ。これが四百石の旗本であれば、槍持、挟箱持、草履取りなどの供揃いだけでなく、馬や馬の口取り、さらには軍役規定によって数人の侍を抱えておく必要があった。これだけでも相当な金が必要になる。その点、与力は収入面では恵まれている。

その代わり、江戸町奉行の与力・同心は罪人を扱うので卑《いや》しまれており、御目見《おめみえ》以上に昇進出来ない。つまり、生涯奉行所内で通すことになる。

「その女とのこともほんとうに手が切れていたのかどうか。ひょっとして、誰にも言わず関係を続けて来ていたのかもしれない」

「それにしても、十両は多すぎます。これまでの例から考えますに、この手の頼みごとでしたらまず一両、多くて三両」

多恵は平然と金のことを口にする。嫁に来た当初は金のことなど口にするのは汚らわしいと思っている節があったのに、と剣一郎は眉をひそめてたしなめるように言った。

「おいおい露骨過ぎるぞ」

「あら、いけませんか」

「いや、いけないということはないが」

「大和屋さんは十両を手付けに考えていたようでございますよ。もし、うまく事が済めばさらに十両、いえ二十両――」

多恵が悔しそうな表情をしたのは追剝のおかげでその金を受け取り損ねたとでも思ったのか。

「付け届けをするにはいくら持参するか。それは頼みの中身によって違いがあります。十両を持って来たというのはそれだけの値打ちがあるということ。とうてい、女のごときの問題とは思えません」

付け届けの額から不審を持ち出した多恵を半ば畏敬の念で見た。剣一郎にとって多恵は過ぎたる妻なのである。美貌、気配り、何をとっても、周りの与力の奥方と比べても抜きんでているのだ。

「追剝の件と相談事というのは関わりがあるのではないでしょうか」

ふいに多恵が言った。

「まさか」

多恵は一点を見つめ、考えに浸《ひた》っているようだ。

「追剝は旗本の部屋住みかもしれないのだ」

剣一郎は沈んだ声になった。

「部屋住み？」

「じつは権助という男が金目的で大和屋にやって来た」

権助の口から鵜飼錦吾の名が出たのだと言った。

「ただ、権助なる者がほんとうのことを言っているか、あるいは人違いをして鵜飼錦吾だと思い込んでいるだけかもしれず、どうすべきか迷っているのだ」

「そうでございますね。とりあえず、鵜飼錦吾という旗本がほんとうにいるのか、いたらどういう人物なのか、まずそれを知ることが先決でございますね。そうですか、部屋住みですか」

最後のぽつりと言った、部屋住みですかという言葉は剣一郎の心を察してのことかもしれない。兄の死によって今の自分があることに剣一郎が負い目を持っていることを、多恵は知っているのだ。

ふと琴の音が聞こえてきた。るいが弾いているのだ。大和屋の死を悼むように悲しみに沈んだような音だった。

四

外の賑やかな声で権助は目を覚ました。天窓からまばゆい光が射し込んでいる。

腹這いになって煙草盆《たばこぼん》に手を伸ばし、煙管《きせる》をくわえた。ほんとうだったらきょうは口入れ屋に行って仕事を探さなければならないのだが、けだるさに任せていた。

吐いた煙の中にゆうべの女の体が浮かび上がってきた。金を持っていたものだから女は愛想がよかった。

吉原羅生門河岸の最下級の局女郎《つぼね》だが、気位《きぐらい》だけは高い。そんな女に夢中になっている自分がおかしいと思うが、金さえ持っていれば可愛い女だった。

しばしにやっていたが、ふいに厳しい顔になった。大和屋から手に入れた金はもう尽きてしまった。あとはどうするか。鵜飼錦吾って侍を威すのは危険だ。それより逃れられねえ追剝の証拠を摑んで、もう一度大和屋に出向くか。これが錦吾のものだとすれば言い逃れは出来やしねえ、と権助は拾った煙草入を手にした。

よし、と権助は煙管を灰吹に叩いて威勢よく立ち上がった。

外に出ると、長屋の男たちはとっくに仕事に出ていて、女たちが洗濯をはじめている。

路地奥の後架で小便をし、井戸端で口をすすいだ。

「権助さん。こんな時間に起きてきて、いい身分だね」

小うるさい婆さんが皮肉をこめて言うのを、

「おれっちはここで稼ぐんでね。頭を休める時間が必要なんだよ」

と言い返して、家に戻る。

ゆうべの残りの冷や飯をかっこみ、権助はすぐに長屋を出た。

両国広小路《りょうごく》に差しかかると、もう賑《にぎ》わいを見せている。両国橋を渡る。大川にはいろいろな船が出ていた。

鳥越《とりごえ》神社を過ぎると、武家屋敷が集まっている。先日、鵜飼錦吾を見失った辺りまでやって来てから、久米吉が声をかけた辻番所に顔を出した。

「ちょっくらお尋ねします。鵜飼錦吾さまのお屋敷はどちらでございましょうか」

六尺棒を抱え、いかめしい顔で立っている辻番にきいた。

「おまえは？」

辻番はうさん臭そうに権助の体をなめまわすように見た。

「へい。鵜飼さまのお屋敷に呼ばれております。お屋敷はどちらでしょうか」

「知らんな」

「知らない？」

「俺は雇われている身でな」

首をひねりながら辻番を離れ、権助は三味線《しゃみせん》堀から佐竹《さたけ》家の屋敷を通り、やがて新たに目に入った辻番所に顔を出した。

「鵜飼さまのお屋敷なら、この先だ」

今度は親切に教えてくれた。

瓦葺《ぶ》きの塀と大きな長屋門。四、五百石辺りの格式か、と権助は見積もった。旗本屋敷で開かれる賭場《とば》にも顔を出したことがあるので、そのへんのことはわかる。それにしちゃずいぶん離れているな、と権助は妙な気がした。久米吉が尋ねた辻番所からだいぶ距離がある。

ちょうど、潜り木戸から大店の番頭ふうの男と小僧が出て来た。男は門に向かって、蔑《さげす》んだように笑った。

権助は声をかけた。

「こちらは鵜飼さまのお屋敷でございましょうや」

「そうだが」

男は胡乱《うろん》げな目をくれた。

「鵜飼錦吾さまはこちらに」

「ああ、部屋住みの弟ですか」

そういう言い方に蔑みが窺《うかが》えた。

「今、おりますか」

「おまえさんも集金かね。そうか借金取りか」

「へえ、そんなところで」

誤解に任せて、相手に合わせた。

「返してくれるとは思いませんが、まあ頑張ることです」

そう言って、番頭はさっさと離れて行った。

旗本鵜飼家の内情が窺えた。どこの旗本の台所も苦しいのだろうが、鵜飼家も同じのようだ。

少し離れた場所でしばらく様子を窺ったが、屋敷はひっそりとしている。小半刻《こはんとき》（約三十分）経った頃、潜り木戸から侍が出て来た。

歳の頃なら二十七、八。きりりとした顔だちだが、目が暗い。旗本の当主が潜り木戸から出てくるはずもなく、それにお供をつけずに外出することはあるまいから、部屋住みの鵜飼錦吾に違いないと思った。

権助は錦吾のあとをつけた。御徒町《おかちまち》通りを越え、神田佐久間《さくま》町にやって来た。神田川の近くに、大塚《おおつか》道場という直心影《じきしんかげ》流剣術指南の町道場があった。

鵜飼錦吾はそこに入って行った。権助は塀伝いに移動し、連子《れんじ》窓を見つけた。

道場を覗くと、鵜飼錦吾が胴着を身につけたところだった。稽古をしていた連中がさっと竹刀を引き、道場の隅に下がった。

鵜飼錦吾が中央に立った。若者が錦吾と立ち合った。が、踏み込んだ若者は錦吾の軽い払いに大きくつんのめった。

次々と、弟子たちが錦吾に立ち向かって行くが、簡単に弾き飛ばされていく。

「すげえな」

権助が呟《つぶや》くと、いつの間にか隣に並んで見ていた男がいて、

「そりゃ、そうだ。大塚道場の竜虎のひとりだからな」

と、応じた。

「竜虎？」

「もうひとり、強いのがいる」

行商人らしき荷物を背負った男は訳知り顔に言った。

「おまえさん、詳しいね」

「なあに、ときたまここから稽古を覗いているうちに知ってきたのよ」

「もうひとりは誰なんだね」

「木崎叉八郎《きさきまたはちろう》って侍だ。こいつも強い」

たちまち十人ほどを相手にし、鵜飼錦吾は息も上がらず平然としていた。

権助はあの夜のことを思い出す。鵜飼錦吾は一太刀で大和屋を絶命させたらしい。それほどの遣い手だ。鵜飼錦吾の腕なら、さもありなんという感じだ。

権助は覚えず身震いをした。鵜飼錦吾に見つかったら、有無を言わさず斬り殺されてしまいかねない。

しかし、この道場の名誉を担《にな》っているということは、うまくいけば金になるということだ。

行商の男が行ってから、そんなことを考えていると、背後にひとの気配がした。また、別の見物人が現れたのかと思っていると、いきなり声をかけられた。

「権助兄い。こんなところで何をしているんでぇ」

飛び上がって振り向くと、久米吉だった。

「おめえか。いきなり呼ばれたんで驚いたぜ」

権助は心臓を波打たせながら言った。

「通りかかったら兄いに似ていたんで、もしやと思って声をかけてみたんですよ」

往来には通行人が多い。

「あいつだ」

権助が連子窓に向かって顎をしゃくった。

「あいつって？」

「鵜飼錦吾だ」

「えっ、追剝の？」

久米吉もさっと道場に目をやった。

「ぐうの音もでねえぐれえの奴の尻尾をつかまえてやろうと思ってな。うまくいけば、今度はこっちから金になるかもしれねえ」

「奴の尻尾っていったって、証拠がねえ」

「いや、あるんだ」

「えっ、何です？」

久米吉の目が鈍く光った。

「まあな」

権助は曖昧に笑った。

「ただ、どうも解せねえことがあってな」

「解せねえこと？」

「黒覆面を見失った辺りから鵜飼錦吾の組屋敷はずいぶん離れていたんだ。ちょっとおかしい。あの辺りに知り合いでもいるのかもしれねえが、ひとを殺したあとで、寄り道をするもんなのか」

ふと気づくと、久米吉が厳しい目を向けていた。

「なんでえ」

「いや、なんでもねえ。ただ、危ねえと思って」

久米吉が心配そうな顔をした。

「なあに、うまくやるさ」

とはいっても、まだ次の手段を考えていない。奴が追剝なら、もう一度やる。その現場を見てやる。そのことを考えているだけだ。

「場合によっては手紙を送ってみてもいい。追剝のことを知っているぞとな」

「兄いは字が書けるのか」

うっと返事に詰まってから、

「誰かに書いてもらうのよ」

と、強がった。

「なるほど。でも、そいつに秘密を知られちまう」

「うむ。そうだな。やはり、あいつがまたやるのを待つしかねえか」

「また、やりますかね」

「やる。金が尽きたらまたやるはずだ」

自分もそうだから、権助の言葉には実感が籠もっていた。

「兄い。あっしにもお手伝いさせてくださいな」

久米吉が媚びるように言った。

「そうさな」

「じゃあ、こうさせてくだせえ。あっしは鵜飼錦吾のことをもう少し詳しく調べてみやす。それに、鵜飼錦吾を尾行するにしてもひとりよりふたりで代わり番このほうが感づかれねえ」

権助が迷ったのは分け前のことがあるからだ。しかし、相手が悪い。ここは用心してかかる必要がある。

「わかった。じゃあ、そうするか」

「ありがてえ」

何も半々にする必要もねえと、権助は腹で計算した。

「あっ、誰か来る」

権助はあわてた。体の大きな侍で、目つきも鋭い。権助たちを一瞥して、道場の門を潜って行った。

ひょっとしたら、あれが木崎叉八郎って侍かもしれねえと、思った。

五

午後になって例繰方に吟味方から野田喜十郎の罪状の口書がまわってきた。油問屋に立て籠もった浪人の首領格だ。

吟味方与力によく頼んでおいたので、剣一郎の意を汲んだ取り調べをしてくれたはずだ。つまり酒に酔って家に入り込んで騒いだというものだ。

背後の棚には犯罪の状況などを記録した書類がたくさん積まれている。吟味方から罪人の罪状を記した口書がまわってくると、御仕置裁許帳《おしおきさいきょちょう》から先例にある罪状を決めるのだ。

『御定書百箇条』というものがあり、犯罪の分類と処罰の内容が定められている。刑罰には呵責《かしゃく》、押込《おしこめ》、敲《たた》き、追放、遠島、死刑があり、さらに死刑には下手人、死罪、火罪、獄門、磔《はりつけ》、鋸引《のこぎりびき》がある。

野田喜十郎の件ではすでに『御仕置裁許帳』を調べていた。過去の類似な事件としては武士が酒に酔って往来で抜刀して騒いだという事件が見つかった。この場合はひとを傷つけていないので、押込百日となった。押込とはいわゆる座敷牢に閉じ込め、外部との接触を禁じるというものだ。

あの浪人たちの行為は押込百日に相当すると、剣一郎は判断したが、ただ主犯格である野田喜十郎については他のふたりと同じというわけにはいかなかった。

野田喜十郎は江戸の人間であるが、この江戸にあの男の生きる道があるとは思えない。一からやり直すには江戸を離れたほうがいいだろう。そう考えて、江戸払いが妥当だと考えていた。

江戸払いとは、品川《しながわ》、板橋《いたばし》、千住《せんじゅ》、本所、深川《ふかがわ》、四谷《よつや》、大木戸以内に住むことを禁じ、それ以外の地へ追放するというものだ。

すでにあの浪人たちの罪状をそのように考えていたので、まわってきた口書に目を通して、剣一郎は目眩《めまい》を覚えた。

野田喜十郎は加賀屋に押し入り、金を出さなければ蠟燭の火を油につけると威したと自白している。

違う、と剣一郎は口書を持つ手が震えてきた。これでは死罪相当だ。すぐに例繰方の部屋を飛び出し、担当した吟味与力の浅井又兵衛《あさいまたべえ》のところに向かった。

ちょうど別の事件の詮議を終えたばかりの浅井又兵衛の傍に寄って行った。

「浅井さま。これはどういうことでございましょうか」

剣一郎は又兵衛に食ってかかる勢いで迫った。

「落ち着かれよ。青柳どの」

恰幅のよい又兵衛は空いている部屋に剣一郎を招じ、

「野田喜十郎自ら申し述べたのでござるよ」

「ばかな。事件の真相はこの前申し上げた通りです」

「野田喜十郎はこう申しておった。青柳さまのご好意は身に染みてかたじけなく思います。ですが、今の世には私が生きていく場はない。このまま助かったとしても、また同じ過ちを犯す。青柳さまのお気持ちに触れただけでもう思い残すことはありません。そう語っていた」

「そんな」

剣一郎は狼狽《ろうばい》した。

「ただ、共犯のふたりは何の罪もないから、ぜひ助けてやって欲しいと」

「なぜだ。なぜ、生きようとしないのだ」

剣一郎は野田喜十郎の諦念がうらめしかった。

「あの者は武士の矜持を失わずに死んでいけることに喜びすら感じておった」

総領として生まれるか、あるいはよい養子先が見つかったならば、野田喜十郎の人生も違うものになっていただろう。

「青柳どの。わしも何とか説得しようとしたが、あやつの心は動かなかった。小伝馬町《こでんまちょう》に会いに行っても無駄だ」

剣一郎は肩を落として例繰方の部屋に戻った。

いつしか、鵜飼錦吾のことを考えていた。鵜飼錦吾も野田喜十郎と同じ境遇なのだ。

剣一郎は年番部屋に向かった。年番方与力の宇野清左衛門《うのせいざえもん》はいかめしい顔で机に向かっていた。

剣一郎は一礼し、畳に手をついたまま口を開いた。

「宇野さま。ちと教えていただきたいことがあるのですが」

宇野清左衛門は威厳に満ちた顔を向けた。若い頃は吟味方で鬼与力として名を馳《は》せ、今では与力の最古参として役所内の一切に目を光らせている。

年番方というのは町奉行所全般の取締り、金銭の保管などを行う。与力の最古参で有能な者が勤めた。与力の最高出世が年番方である。

奉行所のことに通暁しているので、奉行も一目置いている存在であった。あの小うるさい公用人の長谷川四郎兵衛でさえも気を使っているほどだ。

何か、と目顔で問う。無駄な口は開かない。そんな頑《かたくな》さもある。

「鵜飼錦右衛門という旗本について教えていただきたいのですが」

十二歳で見習いに入り、以降およそ五十年という与力生活を送ってきた。役目のことだけではなく世事にも通じ、生き字引として崇《あが》め奉《たてまつ》られている。なにしろ大名をはじめとする幕臣の名簿である武鑑をすべてそらんじているのだ。

見た目からは、「そのようなことはご自分で調べられい」と一喝されそうな気難しさを受けるが、剣一郎にはどういうわけかよくしてくれる。

「鵜飼錦右衛門とな。さよう、四百石取りで書院番《しょいんばん》を勤めておる。当主錦右衛門は三十六歳」

四百石取りというから下級旗本である。

「錦右衛門は謹厳実直な男という評判だ。奥方に子供がひとりいる。それから錦右衛門には錦吾という弟と雪路《ゆきじ》という妹がいる」

清左衛門はよけいなことを言わず、またよけいな詮索もしない。

「ありがとうございました」

剣一郎が引き上げようとしたとき、清左衛門が言った。

「多恵どのはお元気か」

いきなり多恵の名を出されて、剣一郎はうろたえた。

「はい」

「そなたはよき女房どのをもたれた」

多恵は上役の奥方にも挨拶廻りを欠かさず、受けがよい。奉行所内では剣一郎よりも多恵のほうの評判がよいのだ。

剣一郎は再び例繰方の部屋に戻った。風烈廻りとしての市中見廻りは配下の同心だけで十分であった。

剣一郎はやがて吟味与力、そしてゆくゆくは年番方にまで出世していくだろうと奉行所内で思われている。その一番の理由がこの頬の痣だ。

剣も立つ豪胆な男という印象をこの痣が与えているのだ。それゆえに、のんびりとした性格を周囲は落ち着きはらった大人ふうと錯覚している。さらに、宇野清左衛門に目をかけられていることで、必要以上に剣一郎を買いかぶっているのだ。

ふと頬に痛みを覚え、手をやった。この痣は十五年も前のものだ。痛みがあるはずはない。なのに、なぜ一瞬でも痛みを感じたのか。

この痣を受けた押し込み事件のとき、剣一郎は単身で賊の中に踏み込んで行った。なぜ、あのような無謀な真似が出来たのか。

兄の死が背景にあるのだ。兄は十四歳で与力見習いとして出仕した。有能さは誰からも認められていた。それほどの逸材であった。

常に兄と比較されていた剣一郎は元服後、自分の生きて行く道が閉ざされていることを知った。

運命を変える出来事があったのは剣一郎が十六歳のときだった。兄と外出して帰りが遅くなったとき、目の前にある商家から飛び出して来た強盗一味と出くわしたのだ。与力見習いだった兄は剣を抜いて対峙した。が、剣一郎は足が竦《すく》んで動けなかった。道場では兄に肩を並べるほどの腕前であるのに、真剣を目の当たりにして心臓が萎縮してしまったのだ。

兄は強盗三人まで倒したところで四人目に足を斬られた。うずくまった兄に四人目の浪人が斬りかかろうとした。助けにはいらねばと思いながら、剣一郎は剣を抜いたまま立ちすくんでいた。

目の前で兄が斬られた。それを知って、剣一郎は逆上して浪人に斬り付けていった。兄を斬った刀で浪人は剣一郎に向かってきたが、剣一郎は夢中で腰を落として相手の胴を払った。

そこにようやく町方が駆けつけてきた。剣一郎は兄に駆け寄った。兄は苦しい息の下から、「罪を憎め、罪なき者を救え」と剣一郎の手を握って言った。

兄の非業の死に父と母は悲嘆の涙に暮れた。なぜ、あのときすぐに助けに入れなかったのか。剣一郎が加勢をすれば兄は殺されずにすんだのだ。

その後悔が剣一郎に重くのしかかった。兄に代わって家督を継ぎ、与力になったあと、兄の許嫁《いいなずけ》だったりくという女が別の男の所に嫁ぐことになって父と母に挨拶にきた。その帰り、廊下で出会った剣一郎に、りくが浴びせた言葉があった。

「あなたは心の奥に兄上が死んでくれたらという気持ちがあったのではありませんか。わざと、助けに入らなかったのです」

違う。俺はほんとうに怖《こわ》くて助けにいけなかったのだと反論しようとしたが、剣一郎は言葉が出なかった。以来、りくの言葉が胸に突き刺さったまま抜けなかった。恐怖感があったとはいえ、兄の危機に際し、本能的に体が反応し、助けに入るのが剣の修業をしている者にとっては当たり前のことだったのではないか。

ひょっとして、俺の心の中に兄の死を願った思いが生じていたのか。いつしか、そう考えるようになっていたときに、捕物出役があったのだ。

押し込みの盗賊十人の中に単身踏み込んだのは勇気とか使命感といったものではなかった。もやもやした気持ちから逃れようとあのような無謀な行動に出たのに過ぎない。

皮肉にも、あのときの痣が自分に運を向けさせた。仕事も順調に来て、ふたりの子にも恵まれて安定した家庭を築いている。これも兄を犠牲にしてのことだ。そんな自責の念が今になってまたも剣一郎を苦しめはじめたのだ。

目を閉じ、剣一郎は心の苦悩と闘った。

その日、役所から帰ると、剣一郎はひとりで役宅を出た。

普段着の黒の着流しに刀を腰に差し、剣一郎は浪人笠をかぶっていた。両国広小路から蔵前通りに入った。右手に御米蔵が続き、左手は札差の店が並び、昼間は活気があって賑やかだが、夜ともなると寂しくなる。やがて大和屋が追剝に遭ったという正覚寺の辺りにやって来た。

確かに、この道は吉原通いの客を乗せた駕籠が通るから追剝が出没しても不思議ではない。が、その場合、浅草のほうに向かって行く駕籠が狙われるのではないか。浅草方面からの駕籠では、吉原の帰りになる。金を持っていたとしても、それほど多くないはずだ。

そう考えると、単純な追剝とは違う可能性もある。多恵の言うように、大和屋の相談ごとと関係しているのか。

剣一郎はさらに足を急がせ、やがて浅草並木町にやって来た。正面に風神雷神の雷門が見える。道の両側には茶店や料理茶屋が立ち並んでいる。

表通りには店が見つからなかった。まだ灯の入っていない軒行灯に『みつ』と書かれた店を見つけたのは一歩路地を入ったところだった。

まだ開店前のようで、暖簾《のれん》も出ていない。行きかけたとき、格子戸の開く音がした。振り返ると、暖簾を持って年増女が出て来た。女将だろう。

暖簾をかけ終わるのを待って、剣一郎はきいた。

「もういいのかね」

「ええ、結構でございますよ。さあ、どうぞ」

女将は愛嬌《あいきよう》のある笑みを湛《たた》えている。が、気のせいかどことなく寂しそうに見えた。

狭い土間に飯台が三つに小上がりの座敷がある。板場に年寄りの顔が見えた。

「熱いのを一本つけてもらおうか。それから肴《さかな》を適当に見繕《みつくろ》って」

「はい、畏《かしこ》まりました」

女将が板場に注文を伝える。

銚子が届いて、女将が酌をしてくれた。

「女将さん。三日前の晩、大和屋さんがここに立ち寄ったそうだね」

剣一郎はさりげなくきいた。

「お侍さまは、もしやお役人さま？」

女将が厳しい顔つきになった。

「いや、私は大和屋さんと懇意にしていた者だ。大和屋さんがここから帰る途中に災難に遭ったと聞いたんだ。ここで、大和屋さんを偲《しの》ぼうと思ってね」

「そうですか」

向かいの樽《たる》の腰掛けに座り、女将は悲しげな目を向け、

「旦那は寄合の帰りにはときたまここに寄ってくださいました。まさか、あんなことになるとは」

と言って、声を詰まらせた。

盃を空けると、女将はすぐに酒を注いだ。

「大和屋さんとは長いつきあいなのかね」

「二十年ほど前、私は大和屋で三年ほど女中をやっていました。そのあとで、縁あって嫁に行ったのですが、亭主と死に別れ、途方に暮れているときに旦那と再会したんです。それから、旦那のお力をいただいてここにお店を開いたのです。十年前です」

その大和屋と関係があったのは二十年前の女中をやっていた頃か、再会した十年前のことか、話からではわからない。が、そこまで立ち入ることもなかった。

「最近、大和屋さんが何かで悩んでいたようなことはなかったかね」

剣一郎は盃をおいて訊ねた。

「はい。どことなく元気がないように感じられました。三日前にここに来たときも、ときたま深いため息をついておりました」

「何か屈託があったんだろうね。それは何だろう?」

「わかりません。きいてもたいしたことではないと仰っていましたから」

板場から声がかかり、女将が立ち上がった。肴をとって、すぐ戻って来た。はんぺんと蛤《はまぐり》のむき身や貝柱を揚げたものだ。

「ただ、なんとなく思いますに」

と、女将が続けた。

「旦那は孝之助さんのことを気に病《や》んでいるんじゃないかと思ったことがあります」

「孝之助さんのこと？」

「はい。あいつは仕事は出来るが——と何気なく呟《つぶや》いたことがあるのです」

「どういうことだろう」

「女じゃないかしら」

「女か」

娘婿の孝之助に妾《めかけ》がいることがわかって、大和屋はそのことに思い悩んでいたのだろうか。あの孝之助という男は如才《じょさい》はなく、切れ者という印象だ。それほどの男なら女のひとりはいてもおかしくはない。現に大和屋だって、この女と深い関係にあったのだ。

しかし、わざわざ与力に相談に来るようなことではない。もっとも、孝之助のことだと言うのは女将が口にしたことで、実際は別に理由があったのかもしれない。

「ところで、旗本の鵜飼錦吾って侍のことを大和屋さんから聞いたことはないかな」

剣一郎は念のためにきいてみた。

「いえ、ありません。さあ、どうぞ」

銚子をつまみ、女将が酌をしてくれた。

格子戸が開き、職人体の男ふたりが入って来た。女将は明るい声で客を迎えたが、事情を知る剣一郎にはどことなく寂しいものが感じられた。

勘定を払い、剣一郎は店を出た。辺りはすっかり暗くなっていたが、表通りに出ると道の両側に並んでいる料理屋の軒行灯に灯が入っていた。

両国広小路に差しかかったとき、橋番小屋の番人が騒いでいるのが見えた。

戸板で何かを運び入れた。それが人間のように思えて、剣一郎は野次馬をかき分けて橋番小屋に入った。

土間に全身びしょ濡れの女が横たえられている。島田髷《まげ》が崩れ、髪が口に入り込み、顔は蒼白く、死んでいることはすぐわかった。

「あっ、青柳の旦那」

番人が声をかけた。

「身投げのようです。可哀そうに、まだ若いのに」

体に傷はなく、覚悟の自殺だと岡っ引きが言った。

「こいつは武家の娘だな」

剣一郎は呟《つぶや》き、手を合わせた。

どんな事情があるのかしらないが、なぜ自ら命を断ったのだと、剣一郎はやりきれない思いで、橋番小屋をあとにした。

六

雀《すずめ》の囀《さえず》りで目を覚ました。とうに多恵は起きており、化粧をし、帯は御太鼓に結び盛装していた。いつ来訪者があってもいいように、多恵は身だしなみをよくしているのだ。

毎朝、剣一郎は髪結いに月代《さかやき》と髭を剃ってもらう。髷は八丁堀風の結髪で、髷は短く、町人のように小銀杏《こいちょう》である。

「清次《せいじ》、大和屋を知っているか」

役職上、庶民と多く接するので、与力や同心はどちらかというと武士でありながら町人の雰囲気が身に備わっている。

「へえ。何度か髪を結いに行ったことがございます。このたびはとんだことでございました」

髷を整えながら、髪結いの清次が答えた。

「あそこで何か変わった噂なんか耳にしなかったかえ」

「いえ、特に気になるような話はあっしの耳には入っちゃいません」

髪結い床は毎日ひとが集まり、いろいろな情報が入ってくる。そこで、奉行所では髪結いの八丁堀への出張を義務づけ、その代わりに税の免除の特権を与えている。

「何か気になることでも？」

清次がきいた。

「いや、何でもねえ」

大和屋が十両を持って相談に来たのだとは言えない。

「まあ、大和屋のことでどんなつまんねえ噂でも聞いたら報せてくれ」

「へい、畏まりました」

髭を剃り終えてから、剣一郎は手拭いで顔を拭いた。

「お疲れさまでございました」

「ご苦労だった」

髪結い清次が引き上げたあと、剣一郎は出勤の支度にかかった。

剣一郎はいつもより早めに出勤した。継上下で、いつものように供を連れ、そして同じ道順を辿って奉行所に向かう。

役所に出た剣一郎は、正門から見て右手にある同心詰所を覗いてみた。定町廻り同心の植村京之進はもう外廻りに出たのか姿が見えない。

定町廻り同心は犯罪の捜査をする。南北それぞれ六名で合わせて十二名。この十二名がそれぞれの受け持ち区域を持っていて江戸府内を巡回している。それぞれの同心は岡っ引きや下っ引きを抱えている。

たいがい同心は与力に付属しているのであるが、この定町廻り同心は与力の支配下にはなく、奉行直属であり、同心だけの掛かりである。

しかし、そういう掛かりとは別に、与力、同心は五つの組に分けられている。町奉行所の配下には南北にそれぞれ与力二十五騎、同心百二十人ずつがいるが、皆いずれかの組に所属しているのだ。

剣一郎と植村京之進は三番組に所属している。したがって定町廻り同心という掛かりに対しては役儀は違うが、ふたりは同じ組の上司と部下という関係にあった。

「青柳さまではございませんか」

背中に声がした。

「おう、京之進、いたのか」

「ゆうべ遅かったもので」

上役であろうが、たとえ奉行であろうが、道理に合わないことには敢然と立ち向かう青痣与力の剣一郎のことを、若い同心たちは畏敬の念を持って接してくるが、中でも京之進が最も剣一郎に心服しているようだった。

「辻斬りの件で何かあったのか」

「いえ、そうじゃありません。ゆうべ大川に仏が浮かびました」

「武家の娘のようだったが」

「ご存じでしたか」

「死体を引き上げた直後にたまたま行き合わせたのだ。自殺だったようだが？」

「はい。身投げに間違いありません。でも」

「でも？」

「十日ほど前に、小名木川《おなぎ》に若い女の仏があがりました。それで、気になって調べてきたのです。いずれも旗本の娘でしたので」

「なに、旗本の娘？」

「はい。僅かな間に旗本の娘がふたりも身投げをしていることにひっかかりまして」

「そいつは妙だな。で、何かわかったか」

「いえ。自殺の理由については家人も知らぬとの一点張り」

「こいつは何かひっかかるな。引き続き、誰かに調べさせておいたほうがいいな」

「はい」

「で、あっちの件はどうだ？」

剣一郎は追剝事件の捜索の様子を訊ねた。

「それがいっこうに。ただ、犯行時間からそれほど離れていない時間に、元旅籠町の足袋《たび》屋の番頭が急ぎ足で歩いて行く侍と、そのあとをつけているような遊び人ふうの男を見てました。これが、事件と関係あるのかどうか、まだわかりませんが」

あとをつけていたというのは権助かもしれない。鵜飼錦吾という旗本のことを言うか言うまいか、迷っていると、

「ただ、下手人が侍であることは大和屋が袈裟《けさ》懸《が》けに一刀のもとに斬られていることでも明らかですし、あるいは追剝が下谷辺りの武家地に逃げ込んだ可能性も視野にいれております」

　さすがに、若いが有能な同心だと、剣一郎は感心した。

「追剝なのか、大和屋が狙われたのか、その辺りはどうなんだね」

「財布が盗まれておりました。五両ほど入っていたそうです。ただ、大和屋は寄合の帰りはいつも同じ道を通るので、大和屋を狙おうと思えば狙えることは確かです。が、大和屋は評判のいい男で、他人から恨まれるような人間じゃありません」

　確かに、大和屋を悪く言う人間はいない。

　鵜飼錦吾のことを報せるか。権助の言葉を真実だと証明することは難しい。かといって、放っておくことも出来ない。さて、どうすべきか。

　そこに他の同心もやって来たので、とうとう言いだす機会を失った。

「また、何かわかったら頼む」

　剣一郎はそう言ってその場を離れた。

行きかけたとき、京之進が言った。

「先日、うちの奴が多恵さまにはたいへんお世話になったそうで、どうぞよしなにお伝えください」

多恵が何をしたのか剣一郎は知らない。

退出時間になり、剣一郎は役所を出た。いつもより急ぎ足になったのは早く家に帰りたいからだ。若党や小者などの供廻りたちも足を早めた。

帰ってから、すぐに家を出た。多恵が玄関で見送った。

両国広小路にやって来た。芝居小屋や、軽業、講釈、女義太夫、それに見世物小屋などが並び、水茶屋や矢場などもあって殷賑《いんしん》を極めている。

人込みの中を両国橋に向かい、大きな橋の途中に来ると、ようやく西に傾いた陽が斜めから射して来る。

本所一ッ目に近づいたとき、ふたり連れの遊び人ふうの男がやって来るのに出会った。ひとりは頬のこけた痩せた男だが、片方の裾をからげて歩いて来る熊のような男に見覚えがあった。

探す手間が省けたとほっとして、剣一郎はふたりの前に立ちふさがった。

「権助。私だ。覚えているか」

ふいに目の前に現れた男に眦《まなじり》をつり上げたが、剣一郎に気づくと、権助はたちまち体をすくめた。

「これは八丁堀の旦那で」

居心地悪そうに俯《うつむ》いて言う。

隣にいた男が一瞬鋭い目を向けたが、すぐに表情を和らげ、軽く会釈を送った。

「どこかへ行くところか。すまねえが、ちょっとだけ時間をくれねえか」

権助はもうひとりの男と顔を見合わせた。

「兄い。あっしは一足先に行ってやす。田原町の『三升家《みます》』ですぜ」

「わかった」

「すまねえな」

剣一郎は頰のこけた男を見送ってから、

「そう時間もなさそうだから、歩きながら聞かせてもらおうか」

と、来た道を引き返した。

「鵜飼錦吾って侍のことだが、おまえさんがどうやって本人だとわかったのか、そのことを教えてもらいたいと思ってな」

「へえ」

「どうして、旗本の鵜飼錦吾だとわかったんだね」

「あとをつけたんです」

「それは聞いた。だが、顔を知っていたわけじゃあるまい。それに、相手だってそうやすやすと尾行されるとは思えねえんだが」

剣一郎は疑問を呈した。

「おっしゃる通りで。やはり途中でまかれやした。それで辻番所できいたんですよ。そしたら、鵜飼錦吾って旗本の部屋住みだと教えてくれたんです」

「辻番所で？」

剣一郎は首をひねった。辻番が教えたにしろ、ちゃんと顔を見ていたのか。

「すると、おまえがはっきりと鵜飼錦吾だと確認したわけじゃないんだな」

「そうですが、でも、奴に間違いねえ。奴は大塚道場じゃ竜虎と言われたほどの剣の遣い手ですぜ」

「大塚道場？　どうして知っているんだ？」

「いや、その――」

「あれからもつけたんだな」

「へえ」

「なぜ、そんな真似をするのだ？」

「いえ、その……。ただ気になるものを見つけましてして」

「気になるもの？」

「いえ、何でもねえんで」

「さっきの男は誰なんだ？」

「奥山の矢場でいっしょになる男です。旦那、もういいですかえ。先を急いでいるんだ」

「すまなかったな。いいぜ。あっ、ちょっと」

行きかけた権助が渋い顔で立ち止まった。

「あの男の名前を教えてもらっていなかったな」

「久米吉です」

「久米吉か。どこに住んでいるんだ？」

「さあ」

「知らねえのか。じゃあ、何をやっているかも？」

「へえ」

「ひょっとして、鵜飼錦吾の件に奴も絡んでいるんじゃねえのか」

「そんなことはありませんよ。旦那、急ぐんで」

あわてて言い、権助は逃げるように去って行った。

権助を見送ったあと、剣一郎は久米吉の言葉を思い出した。田原町の『三升家』。そこで落ち合うつもりなのか。

剣一郎はひっかかった。すぐに権助のあとを追った。両国橋にはすでに権助の姿は見えなかった。橋を渡り、蔵前を通ってやがて大和屋が殺された榧寺の前に差しかかった。夕陽が斜めから剣一郎の横顔に射す。

四半刻後、剣一郎は軒行灯に『三升家』と書かれた居酒屋の見える場所にいた。案の定、権助と久米吉のふたりが柳の木陰から居酒屋を見張っていた。

浅草寺の五重の塔が間近に見える。少し離れた路地に身を隠し、ふたりの様子を窺った。すると、ふたりがさっと身を屈めた。

長身の侍がひとり縄暖簾をかきわけ、『三升家』に入って行った。歳の頃は二十七、八。絶望の中でもがいているような目だ。あの侍が鵜飼錦吾かもしれないと思った。

権助か久米吉はあそこが鵜飼錦吾の行きつけの店だと調べていたに違いない。

陽は落ち、辺りは暗くなっている。さらに小半刻経った頃、鵜飼錦吾とおぼしき侍が縄暖簾をかきわけて出て来た。

権助と久米吉が動いた。鵜飼錦吾は伝法院をつっきり、仲見世から奥山を抜け、浅草寺の裏手から浅草田圃に出た。剣一郎は権助のあとを追った。

てっきり吉原へ向かうのかと思ったが、さにあらず左に折れた。入谷《いりや》や三《み》ノ輪《わ》方面だ。

鵜飼錦吾はまったく背後を気にしていないようだ。

入谷の田圃に差しかかったところで、鵜飼錦吾はいくぶん足を速めた。

月が上って来て、相手の姿はよく見える。立花左近将監《たちばなさこんしょうげん》の下屋敷を過ぎたところで、錦吾が左に折れた。

そのまま錦吾はまっすぐ進み、田圃に入った。月が雲間に隠れた。

つと、権助と久米吉の動きが止まった。鵜飼錦吾に見つかったのか。くらがりに目を凝らすと、前方に黒い影が二つ。

「なんだ、おめえたちは」

突如、権助の悲鳴のような声が上がった。

剣一郎はためらわず走った。黒覆面の侍が権助たちに襲いかかろうとしている。錦吾に仲間がいたのか。

「やめろ」

剣一郎は一喝する。

「あっ、旦那」

権助が泳ぐようにこっちにやって来た。

黒覆面の侍は無言のまま剣一郎に向かって来た。袴姿である。

剣一郎も祖父の代からの山城守国清《やましろのかみくにきよ》銘の新刀上作の剣を抜く。本来であれば兄が使うことになっていた剣だ。

黒覆面の侍の後ろに、黒い布で頬かぶりした裁《た》っ着《つ》け袴《ばかま》の男がいる。侍ではなく、六尺

（約一八二センチ）はあろうかという長い棒を手にしていた。新陰流の江戸柳生の流れをくむ真下《ました》道場で皆伝をとった腕前である。

剣一郎はやや半身になり正眼に構えた。

剣を構える位置は高く、切っ先は敵の眼に向けた。黒覆面の侍もやや左足を後ろに引き、切っ先をこちらの丹田《たんでん》に向けて下段正眼《せいがん》に構えた。剣は地面と水平になっている。

黒覆面が大上段に構え直した。剣一郎は切っ先を相手の小手に付けた。

相手の機先を制しての殺人剣ではなく、相手の仕掛けに応じて攻撃をする活人剣であり、決して剣一郎のほうから仕掛けない。相手に自由に攻撃をさせ、その流れに合わせて敵を討つ。

黒覆面の剣が襲い掛かってきた。相手の気を察知し、剣一郎は踏み込んで受け止めた。が、黒覆面はすぐ剣一郎の剣を外し、すぐさま剣一郎の眉間に振り下ろしてきた。後ろに飛び下がったが、今度は突いてきた。

剣一郎は相手の剣を外し、まわり込んで小手に斬りつけるが、黒覆面の強引な攻撃の前に防戦一方になった。相手の剣は確実に体の中心線を襲ってくる。相討ちを厭《いと》わない戦法だ。

横合いからの攻撃を体を沈めて相手の剣を払い、返す刀で小手を狙った。掠《かす》めた手応えがしたが、袖を斬っただけのようだった。

黒覆面は攻撃を中断し、後ろに飛び退いた。黒覆面の息は上がっている。

「一刀流か」

息を整えて剣一郎は言い放つが、黒覆面は相変わらず無言だ。

「やい。何とかぬかさねえか」

剣一郎は語気鋭く言う。

「おめえたちは鵜飼錦吾の仲間か」

言うや否や、それまで背後にいた裁っ着け袴の男が黒覆面と入れ代わった。細身の男だ。長い棒を左手に持ち、剣一郎の正面に立った。棒術を扱うのか。

腰をかがめ、長い棒を左手に持ち、居合抜きの構えをとった。おやっと思った。棒ではないのか。そう思った瞬間、鋭い気合もろとも剣を抜き放った。月の光が大きな弧を描いた。

無意識のうちに体が反応し、剣一郎は背後に飛び退いたが、相手の剣の切っ先が眼前を過《よぎ》った。刀身五尺（約一五一センチ）はあろうかという剣を、相手はいともたやすく抜いたのだ。気がつくと、剣一郎の着物の袂《たもと》が裂けていた。

「旦那」

恐怖心にかられたのか、権助が震えを帯びた声を出した。そのとき、すでに久米吉の姿は見えなくなっていた。

「下がっておれ」

剣一郎は叫ぶ。

男が鞘を放った。変わった剣法を用いる男だった。柄を逆手に持ち、切っ先を地面に向け、腰を落としてじりじり迫って来た。

剣一郎は下段正眼に構える。

相手が逆手に持ったまま剣を逆袈裟に斬り上げた。剣一郎は素早く眼前を襲った剣を腰を落として下からすくって払ったが、相手は続けざま今度は剣を返し、斜め上から風を唸らせて袈裟懸けに激しく襲い掛かってきた。

剣一郎は地を蹴り、横に飛び退いた。が、相手の剣は地面すれすれのところで返り、剣一郎の胴を払うように横払いに襲い掛かった。

剣一郎は相手の剣をすくい上げるように払って、すぐさま小手めがけて斬りつけた。が、切っ先は小手に届かなかった。

相手の小手をとらえたはずなのに失敗したことに剣一郎は啞然とした。長剣にまどわされ、間合いがつかめないのだ。

相手は今度は長剣を背中にかつぐようにし、さらに右手をぐっと後ろに引き、剣先が横に伸ばした左手近くに来るように構えた。ちょうど、自分の首を後ろから斬り落とすような剣の位置だ。

剣一郎は正眼に構え、相手の動きを見た。じりじり迫ってくる。爪先が微かに動く。と、次の瞬間相手が大きく跳躍した。体が丸まり、剣だけが鋭く頭上から剣一郎めがけて振り下ろされた。

剣一郎はかろうじて右によけ、相手が着地した隙を狙って足を踏み込んで剣を突き出した。が、相手に達しなかった。

瞠目すべきは剣が上段から振り下ろされても長い剣の切っ先が地面にぶち当たることなく寸前でぴたっと止まり、すぐさま逆袈裟に攻撃してくることだった。

またも相手が剣を背中にまわし、今度は跳躍せずにそのまま大上段から襲って来た。剣一郎はその剣を受け止めた。瞬間、腕がしびれるほどの烈しい圧迫感に襲われた。相手の力にもまして、長剣の重みがずしりと伝わって来る。

剣一郎は押された。懐に飛び込む隙が摑めない。剣一郎は全身の力を振り絞って押し返しながら反動を利用してさっと剣を斜めに下げ、剣を滑らせる。斬り落としで相手の剣から逃れ、素早く横に飛び退いた。そこに体勢を立て直した長剣が横から襲ってくる。相手の動きは敏捷《びんしょう》だった。剣一郎は長剣の切っ先を上に撥ね上げ、思い切って懐に飛び掛かった。

間近で闘えば長剣のほうが不利なはずである。そう思ったのだが、相手は長剣を器用に操りながらとんぼを切って逃れた。

一呼吸つく間もなく、再び黒覆面の侍の一撃が襲って来た。剣一郎はその剣をはっしと受け止めた。その間に、長剣が剣一郎の背中に向かって来た。剣一郎は覆面の侍の剣を払い、と同時に大きく飛び退いて長剣を避けた。

剣一郎は正眼に構え直した。長剣の間合いがとれない。切っ先三寸の見切りが出来ないのだ。長剣がまるで生き物のように牙を剝いて襲って来る。

いきなり、覆面の侍が権助に向かった。剣一郎が追うと、長剣が襲って来る。権助を守りながらでは苦しい。

「権助、逃げろ」

剣一郎は叫んだ。

「旦那。この黒覆面の侍は……」

権助が何かを訴えようとした。が、黒覆面に斬りつけられ、権助は転げ回って逃れた。

剣一郎は長剣をかわし、黒覆面を背後から襲った。

黒覆面は足を止めて振り返った。

「権助、立て。逃げるんだ」

もう一度、剣一郎は叫ぶ。

「だめだ。足がすくんで動けねえ」

権助は泣き声を上げた。

「しっかりしろ」

剣一郎が気合を掛けると、やっと権助が走り出した。

追おうとする敵の前に剣一郎は立ちふさがった。その間に、権助は遠ざかって行った。

「退《ひ》け」

黒覆面の侍が叫んだのは権助が逃げてしまったからであろう。

「逃げるのか」

踵を返したふたりの背中に向かって、剣一郎は声を放った。すると、長剣の男が立ち止まって振り向いた。

「やめろ。行くぞ」

長剣の男が不満そうに立ち去った。

権助はうまく逃げたらしい。剣一郎はやっと我に返った。気がつくと、背中にびっしょりと汗をかき、額や手のひらも汗で濡れていた。恐ろしい剣だと、長剣の遣い手に驚きを禁じ得なかったが、剣一郎の血の滾《たぎ》りはいつまでも収まらなかった。

七

鵜飼錦吾は立花左近将監の下屋敷を過ぎて大音寺《だいおんじ》に出て三ノ輪へやって来た。

こぢんまりした寮の塀を乗り越え、錦吾は庭に立った。石灯籠《いしどうろう》がまるで見張りの人間のように立っている。はじめての夜はぎょっとしたものだ。

錦吾は静かに雨戸に近づき、戸を二度軽く叩いた。しばらくして、戸が少しだけ開き、薄明かりが庭に漏れた。

素早く錦吾は中に入った。すると、戸がさっと閉じられた。

部屋に入ると、女がすぐにしがみついてきた。

「錦吾さま」

「小紫《こむらさき》」

ひしと抱きしめる。

「こんなに痩《や》せちまって」

小紫の小作りの顔はさらに小さくなったようだ。肩も細い。

「こうしているときが、小紫は一番しあわせにございます」

「すまない。俺が不甲斐ないばかりに」

「何を仰《おつしや》いますか。私のほうこそ錦吾さまの足手まといに」

「ばかなことを言うな。俺はおめえなしではだめなんだ」

「小紫はうれしゅうございます」

小紫は吉原の中籬《ちゆうまがき》『大里屋《おおさと》』の遊女である。錦吾が小紫に出会ったのは一昨年の夏。

鵜飼家は経済的に困窮しており、四百石の体面を保つことに汲々《きゅうきゅう》としている。部屋住みの錦吾の面倒を見るのさえ苦しいようだ。兄も兄嫁も錦吾の養子先を探して方々に声をかけているが、おいそれとよい養子先が見つかるはずがない。

将軍ご直参という矜持もいまの錦吾にはない。悪所にて暴れ、憂《う》さを晴らす毎日だった。そういうときに、小紫と出会ったのだ。

茶屋へ向かう遊女の気品とうなじの白さに目を奪われ、それから金を工面し、小紫を呼んだ。

たった一度でいいという一途な思いが通じたのか、小紫も錦吾に思いを寄せるようになった。二度、三度と通い、とうとうもうこれ以上は通えないと訴えたときに、小紫のほうから来て欲しいと言われたのだ。

それから、錦吾は小紫の間夫《まぶ》になった。小身とはいえ、四百石取り旗本鵜飼家の次男坊が遊女の間夫になったのだ。自嘲しながらも、錦吾は小紫の情にほだされ、間夫に甘んじていたのだが、そのうちにとんでもない事実を知った。小紫は旗本の娘だったのだ。なぜ、旗本の娘が吉原に身を落とすようになったのか。そのことを小紫は語ろうとしなかったが、これが下級旗本の現実なのだと思い知らされた。

小紫の馴染みに、同じ旗本の井筒主水《いづつもんど》がいる。井筒主水は七百石であり、兄鵜飼錦右衛門の上司に当たる。

その井筒主水が最近になって急に小紫を身請けしようとしたのだ。妾《めかけ》にするつもりなのだろう。無下に拒否も出来ず、小紫はわざと食を断ち、病気を装い、返事を延ばし延ばしにしてきた。

『大里屋』の主人も御職女郎の小紫の容体を気にし、三ノ輪の寮で出養生をさせてくれたのだ。主人にしてみれば、早く病気を快復させて、身請け話に乗りたいという腹があったのであろう。それほど、井筒主水は金を積んだようだ。

井筒主水は鵜飼家と違って蔵米取りではなく、地方に知行地があり、そこから年貢をとっている。内情は豊かなのだろうか。

それはともかく、小紫が三ノ輪の寮に移ってから、錦吾はときたま忍び込んで、ひとときの逢瀬を楽しんでいるのだ。

だが、いつまでこうしていられるのか。このままでは小紫はほんとうに病気になってしまいかねない。かといって、病気の快復後には井筒主水の身請けが待っている。

しかも、この出養生にかかる費用はすべて小紫の負担だ。そのぶん借金がかさむことになる。行く手は真っ暗な闇でしかなかった。

「小紫、もうしばらくの辛抱だ。きっとなんとかする。いや、してみせる」

その目処《めど》はまったく立たない。そのことに気づいていながら、

「いつまでもお待ちしております」

と、小紫は望みをつなぐような声で言う。

錦吾は小紫を抱きながら、地獄へ向かってひた走っていることに気づいていた。今のままでは小紫の借金が膨らむままだ。最後の手段は小紫を連れて逃げるしかない。が、暮らしの当てはない。

また、それをしたら兄に迷惑がかかる。錦吾に対する恨みを井筒主水は兄に向けるであろう。

ふと、そのとき、廊下を小走りにやって来る足音。はっと錦吾と小紫は顔を見合せ、錦吾がすぐに衣桁の背後に隠れた。衣桁には着物がかかっている。

やがて、襖の外で声がした。

「ご主人さまがお出でです」

吉原から看病のために使わされた新造があわてた声で言う。小紫は色をなして、

「どうして急に」

新造の去る足音に、錦吾はすぐ衣桁の裏から出て、

「今宵は引き上げる。二、三日中にまた来てみる」

忌《い》ま忌ましそうに言い、錦吾は小紫との別れを惜しむ間もなく、再び戸障子を開けて庭に出た。

「待ってください。私はもし錦吾さまに会えなくなるようならば自ら命を断ちます」

悲壮な覚悟を眼に込めて、小紫が言う。

「よく言った。俺も同じだ。もしものときは、あの世でいっしょになろう」

「はい。うれしゅうございます」

目顔で別れを言い、錦吾が庭の隅の暗がりに走った。戸障子の閉まる音がした。

塀を越え、錦吾は虚《むな》しく引き上げた。月が妙に蒼白い光を錦吾に投げかけていた。

第二章　罠《わな》

一

どこかの大名の御留守居が侍ふたりを従え、奉行所の玄関で内与力である公用人と向かい合っている。大名からの付け届けだ。こういう光景は珍しいものではない。他にも、町々やいろいろな職業の株仲間からも付け届けがある。

剣一郎は見習いで出仕して、はじめてこの光景を見て不思議に思ったものだ。何かあったときにお目こぼしや手加減をしてもらうための付け届けなのだ。こういう付け届けは与力や同心にだけこっそりあるものと思っていたが、奉行所でも堂々と受け取っているのだ。付け届けをもらっているので、その藩で起こった小さな事件は奉行所でもみ消してしまう。しかし、各所からの付け届けは与力たちに分配されるので、誰も異議を唱えることはない。

ある意味ではいたずらに事件を大きくし、事をこじらせるより、物事の平穏を保たせるよき知恵だと言えるのかもしれない。剣一郎はいつしかそう思うようになっていた。

が、これでいいのだろうか。これでは金のある者が有利で、金のない者がばかを見る。田沼意次が老中となってから特権商人は肥大化する一方で打ち続く天災や飢饉《ききん》のために苦しんでいる者もたくさんいる。立身出世や己の利益のために賄賂《まいない》が横行するようになった。

困窮する旗本や御家人たちをよそに、奉行所の役人たちは莫大な付け届けの恩恵を受けている。果たして、これは正常なことなのか。いつしか、剣一郎は野田喜十郎や鵜飼錦吾に思いをはせていた。

数日風のない穏やかな陽気が続いていて、風烈廻り掛かり与力としての市中巡回は同心に任せ、剣一郎は例繰方の部屋で書類を調べているところだったが、いつしかゆうべの長剣遣いの男のことに思いが向かっていた。あのような長い剣を自由自在に操る男との対決ははじめての経験であった。

例繰方は机上での作業であり、風烈廻りとしての市内巡回にしても、不穏分子の発見などめったにあるものではなく、また十手を持っているが、その十手は捕り物のときに同心の指揮をとるためのものであって同心の十手のように武器になるものではない。

久しく真剣での立ち合いをしたことはなかったが、あのような相手に巡りあえたのは剣客としての喜びであった。もう一度立ち合ってみたい。剣一郎の剣客としての魂が蘇り、血が騒いできた。

つい考えが後回しになったが、ゆうべの襲撃は明らかに権助と久米吉を狙ったものだ。辻斬りを目撃した権助たちを錦吾が仲間を使って消しにかかったのだろう。そう思いながら、何かが違うような気もしてくる。

あのふたりの刺客はなぜ錦吾がつけられていることを知ったのか。あのときの錦吾は先を急いでおり、まったく後ろには無頓着だったような気がするのだ。それとも、はじめから権助たちが尾行することを察知していたのか。

それに、辻斬りを働いたのが鵜飼錦吾なら、秘密を知られた権助たちの始末をするのは錦吾自身でいいはずだ。

それより、黒覆面の侍に襲われたとき、権助が何かを訴えようとしていた。権助は何を言いたかったのか。

ともかく、権助からもっと詳しい事情を聞き出す必要があると思った。

その夜、剣一郎は本所一ッ目の権助の長屋に行った。木戸のとば口にある差配の家に寄り、権助の住まいを聞き、そこに向かった。

「権助、いるか」

戸障子を開けたが、中は真っ暗だ。寝ているわけではない。留守のようだ。

背後にひとの気配がした。振り返ると、年増の女だ。

「権助さんなら夕方に誰か来ていっしょに出て行きましたよ」

「どんな奴だえ」

「瘦《や》せて目つきのよくない遊び人ふうの男でした」

久米吉だと思った。そういえば、ゆうべの襲撃のとき、久米吉は権助を置いて、自分だけさっさと逃げ出していた。奴の行動こそ妙だと、久米吉の陰険そうな顔を思い出した。

剣一郎は権助の家に入った。瓦灯《かとう》に火を点け、部屋の中を見回した。煙草盆に灰がたまっている。壁に古びた縞の着物が下がり、屏風の後ろに夜具が積まれている。

ふと鴨居の上に何かがあるのを見つけ、剣一郎は手を伸ばした。煙草入だ。珊瑚《さんご》の根付のついた赤漆革の上物だ。権助が持てる代物ではなかった。

気になるものを見つけたと、権助が言っていたことを思い出した。このことだろうか。

久米吉が呼びに来たとき、権助はとっさにここにこれを隠したのかもしれない。

権助が危ない。剣一郎は長屋を飛び出した。橋番小屋の番人にきいても、権助らしい姿を見かけたものはなかった。


その頃、権助は久米吉のあとに従い、山谷の玉姫稲荷の近くにやって来ていた。

「久米吉。どこまで行くんだ?」

「兄い。もうすぐですよ」

「そこにほんとうに鵜飼錦吾の隠れ家があるんだな」

「間違いありませんぜ」

「待て。どうもへんだぜ」

権助は足を止めた。ここまでやって来る間、権助は今までのことに思いを巡らせていたのだ。

「兄い。どうしたんだ？」

「ゆうべ、襲われたのは錦吾の仲間が待ち伏せていたのかと思ったが、そいつはおかしい。それに、妙なことがあったぜ」

「妙なこと？」

「そうだ。辻斬りの黒覆面と襲ってきた黒覆面の姿が似ていたのだ。あれはどういうことだ。よく考えてみれば、おかしなことだらけだ」

「いってえ、どうしたって言うんだ？」

「久米吉、おめえ、あんときなぜあんな場所にいたんだ？」

「あんとき？」

「辻斬りのあったときだ」

「どういうことで？」

「女と待ち合わせてすっぽかされたと言っていたが、なんだかおかしいな。それに、おめえは急にどこかに行きやがった。今から思うに、おめえは駕籠が通るのを待って、そいつを辻斬りに知らせに行ったんじゃねえのか。いや、そうだ。そうに違いねえ。だから、俺が現れたときにはいやな顔をしたのだ」

「兄い。そいつは考え過ぎだぜ」

「俺が辻斬りのあとをつけると言い出したときも、おめえは必死にとめようとした。俺が言うことをきかないとわかると、いっしょについてきた。それから、黒覆面を見失ったあと、おめえは俺が辻番に通り掛かった侍のことをききに行こうとしたら、自分で行くと言い出した。それで、鵜飼錦吾の名が出たんだ。錦吾の屋敷はあそこからずいぶん離れていたぜ」

久米吉は口許に冷笑を浮かべていた。

「あの辻斬りは鵜飼錦吾じゃねえ。それに、おめえも辻斬りの仲間だ。どうだ、正直に言いやがれ」

「兄い、なにを血迷ったことを言うんだ」

「なんだと、俺を虚仮《こけ》にしやがって」

「兄い、いや、権助」

久米吉の顔つきが変わった。

「おめえがよけいなところにのこのこ現れたのが不幸だ。おめえのおかげでとんだ仕事を背負っちまいやがった」

「とうとう本性を現しやがったな。やい、あいつは誰だ?」

「おめえ、煙草入を拾ったな」

「やっぱし、あれは辻斬りが落としたんだな」

「権助。ここで死んでもらうぜ。あとで、家捜しをして、煙草入は返してもらう」

久米吉は匕首《あいくち》を出した。

「野郎。俺を始末しようたってそうはいくか」

逃げようと、踵を返すと、そこに黒覆面の侍が立っていた。すでに、剣が握られていた。権助は足が竦んで動けなかった。いきなり久米吉がぶつかってきた。脇腹に衝撃が走った。匕首が食い込んだのがわかった。

よろけたとき、黒覆面の剣が頭上から襲ってくるのを見たのが、最期だった。

二

鵜飼錦吾は欅《けやき》の木陰で大里屋の寮を見張っていた。遠く暗い田圃の中に吉原の明かりが望める。少し間を置いてから寮の裏にまわり、松の樹を足場に黒板塀を乗り越えた。庭はひっそりとしていた。

いつものように戸障子を軽く叩く。しかし、静まり返ったままだ。もう一度、軽く合図を送った。

今度はやや間があったが、やっと開いた。手燭の明かりに映し出されたのは小紫ではなく寮番の女房だった。

「錦吾さま」

「どうしたんだ、小紫は？」

顔なじみになった女房にきいた。

「今朝早く、ここを出ました」

「出た？　じゃあ、中に戻ったのか」

「いいえ。旦那さまが別の場所で養生させると」

「なんと。で、どこだ？」

「わかりません」

「わからぬと」

錦吾はうろたえた声を出した。

「錦吾さまが見えたら伝えるようにと小紫さんから文《ふみ》を預かっています」

そう言って、寮番の女房が胸元から文を出した。

覚悟は出来ています。あの世でごいっしょになれますように。

そう書いてあった。

「小紫」

胸の底から熱いものが込み上げてきた。

「なんとか小紫の行き先を探ってくれないか」

「はい。旦那さまがお見えになったら、それとなくきいてみます」

「頼む」

女房に頭を下げ、錦吾は大里屋の寮をあとにした。

田原町まで帰って来て、錦吾は『三升屋』に飛び込んだ。

「酒だ」

亭主に乱暴に言う。

なぜ、大里屋は小紫を移したのか。俺のことに気づいて、俺から引き離そうとしたのか。錦吾は丼に酒を入れていっきに呑んだ。

その気色ばんだ雰囲気に恐れをなしたように、亭主も他の客も横目で見ている。面白くねえ、と錦吾はふらりと立ち上がった。

翌日、錦吾は夕方に浅草寺裏の田圃から田町二丁目を通って日本堤に出た。強かった陽射しも夕方になって怒りを収めたように穏やかになった。山谷《さんや》の船宿から向かう者、駕籠で行く者、茶屋の並んでいる土手は吉原通いの遊客で華やいで見える。

見返り柳を見て左に折れ、衣紋坂を下ると、大門に出る。

大門をくぐり、両側に引手茶屋の並ぶ仲の町を行く。箱提灯を持った茶屋の男が客を遊女屋に案内して行く。茶屋が途切れると、江戸町一丁目で、江戸町の木戸門をくぐる。やがて、紅殻格子の大見世『大里屋』が見えてきた。

大里屋の前に立ったが、小紫がいるはずはない。乗り込んで亭主を問い詰めたい衝動にかられたが、思い止まった。素直に白状するはずはない。

諦めて引き上げかけようとしたとき、顔見知りの茶屋の若い者が通り掛かった。客を遊女屋に案内しての帰りのようだ。

錦吾が声をかけると、若い者は相好を崩し、

「これは鵜飼さま。お久しぶりでございます」

「ちと訊ねるが、小紫は大里屋に戻ってはいまいな」

「いえ、まだ戻っちゃおりません」

「今、どこにいるか知っているか」

「大里屋の寮でご養生じゃありませんか」

やはり、別の場所に移ったことは知らないようだ。

茶屋に引き上げて行く若い者と別れ、大門まで戻って来たとき、駕籠がやって来た。

大門内に駕籠の乗り入れは出来ず、客は大門の手前で駕籠から下りた。恰幅のよい四十絡みの商家の主人ふうの男だ。贅沢三昧《ぜいたくざんまい》の暮らしがたるんだ顔の筋肉から窺える。ふと目が絡み合ったとき、鈍い目の光とともに男の口許が微かに歪んだように思えた。

そのとき、あっと思い出した。札差の井口《いぐち》屋だ。

鵜飼家のような小身の旗本や御家人は蔵米知行である。領地をあてがわれず、年に三回、浅草御蔵から米で支給される。その米を米問屋に売却して現金に替えてもらうのを、鵜飼家は札差井口屋に頼んでいるのだ。

「これは鵜飼さまの弟さまで。返す金はなくとも、女を買う金はあるのですかな」

口許に冷笑を浮かべて厭味を言い、井口屋は茶屋に向かいかけた。

最初はただ米を現金に替えてもらうだけだったが、それだけでは生活が苦しく、鵜飼家も蔵米を担保に井口屋から金を借りるようになった。

「待て。井口屋」

かっとなり、錦吾は呼び止めた。井口屋はゆっくり振り返った。

「なんでございましょう」

「金で何でも出来ると思うな」

「借金をすべて返済なすってから大口は叩くものでございますよ」

井ロ屋はひとを見下した態度で言った。

「この野郎」

日頃の鬱積《うっせき》が爆発し、錦吾は井ロ屋に摑みかかった。小紫と引き離され、いらついていたせいかもしれない。

「何をするのですか。誰か、助けてくだされ」

井ロ屋はわざとらしくひ弱そうな声を出した。

茶店の若い者があわてて止めに入った。

「おやめください」

「邪魔するな」

錦吾は若い者をはねとばした。

井ロ屋は突然大声を張り上げた。

「旗本鵜飼家は借金を踏み倒すつもりですか」

その声に、鬢に白いものの目立つ岡っ引きが飛んで来た。

「どうなさいましたか」

岡っ引きがどちらへともなくきいた。

「このお侍さんが因縁をつけてきましてね」

井ロ屋が侮蔑《ぶべつ》の色を眼に浮かべて言う。

「ばかな、おぬしのほうから先に」

「お侍さん、失礼とは存じますが、お名前をおききしてよろしゅうございますか」

岡っ引きが強い口調できいた。

「鵜飼錦吾と申す」

「鵜飼さま。そうですか。鵜飼錦吾さまでございますか」

岡っ引きが錦吾の名を知っているのは小紫の間夫ということが知れ渡っているからだろう。

岡っ引きは嘲笑を浮かべ、

「中での狼藉《ろうぜき》は野暮ってものです」

と言い、

「これ以上騒ぎを大きくしてはいけません。どうぞ、お引き取りくださいませ。井口屋さんも、さあ」

引手茶屋に入って行く井口屋の後ろ姿を怒りの眼で見送って、錦吾はやっと踵を返し、大門を出た。

田原町まで戻って来て、また『三升屋』に飛び込み、荒れた酒を呑んだ。

よろける足で屋敷に戻る。門番所の門番が潜り戸を開けてくれた。門番はよろけた錦吾に手を差し伸べた。その手を振り払うようにして、裏にまわり、勝手口に向かった。

戸を開けて入る。下女は眠っているのか出て来ない。

台所で水瓶から杓《ひしゃく》で水をすくって飲んでいると、背後から声がした。

「錦吾さま。また、呑んでおられますな」

「半太夫《はんだゆう》か」

譜代の用人の佐伯《さえき》半太夫だった。

「殿様がお呼びです」

「兄上はまだ起きておられるのか」

錦吾は呂律《ろれつ》のまわらない声で言う。

錦吾は廊下を伝い、兄の待っている座敷に行った。兄の錦右衛門は居住まいをただして待ち構えていた。

「兄上。お呼びでございますか」

「いったいどうしたと言うのだ。昨夜といい今夜といい、酒を浴びるほど呑んで」

「申し訳ございません」

そう言いながら、倒れかかった体を右手で支える。

「錦吾。そなたの気持ちもわからぬではない。しかし、まだ養子の口とて途絶えたわけではない」

「兄上、お止めくだされ。私のようなものが生きて行く道は閉ざされております」

家督を継ぐのは長子であり、次男、三男は他家への養子か婿に入るしか立身の道はない。

「わからん。おまえが何を考えているのか」

兄の嘆きは、養子の話を断ったことを思ってのことであろう。相手は旗本ではなく、百五十表三人扶持の御家人であった。もはや、錦吾の立身にはその手の話があるだけで喜ばしいことであった。

この話を錦吾は断った。自分には小紫がいるのだ。錦吾は小紫を見捨ててまで立身の道に行こうとは思わなかった。しかし、兄は相手の身分のせいだと思っている。

「まだ諦めるのは早い。ただ身持ちを堅くしておかねばいざというときに困る」

兄は膝を乗り出し、

「父上も母上も死ぬまぎわにおまえのことを頼むと言っていた。最期までおまえのことを心配していたのだ」

錦吾は俯いたまま口を開いた。

「兄上。私は武士をやめようかと思います」

「また、そのことか。ばかを申すではない」

「いえ、私は真剣です」

「将軍ご直参として、我ら旗本は一朝ことあらば——」

「この太平の世に何があるのですか」

錦吾は兄の言葉を遮《さえぎ》った。

「借金まみれで、何が旗本の矜持でございますか」

「小身とはいえ、我が鵜飼家は書院番を勤める家柄」

書院番は将軍身辺の警護にあたる格の高い役目である。

「それが何になりますか」

錦吾に、井口屋に辱められた屈辱が蘇ってきた。

さらに、妹雪路のことを思い出し、悲しみが襲ってきた。

「それより、雪路はなぜ死んだのですか」

兄は唇を噛んだ。

「雪路は何かに悩んでいるようでした。きいても何も答えてはくれなかった。叉八郎とのことではないんですか」

叉八郎とは大塚道場で竜虎と並び称された木崎叉八郎のことである。叉八郎が屋敷に遊びに来ているうちに雪路と恋仲になっていた。

雪路が自分の部屋で喉を短刀で突いて自害したのは二ヶ月ほど前だった。元気をなくしていた妹に何もしてやれなかった自分が情けなかった。

「なぜ、叉八郎との仲を裂いたのですか。叉八郎が部屋住みだからですか」

「錦吾」

兄は何か言おうとしたが、声にならなかった。

「今宵はもう遅い。早く休め」

兄は立ち上がった。

錦吾は眠れぬままに庭に出た。草いきれがむんむんしている。蒸し暑い夜だ。

小紫のことを思い出し、またも胸がつぶされそうになった。小紫はいったいどこにいるのか。

懐から文を取り出した。覚悟は出来ています。あの世でごいっしょになれますように。

その文句を何度も読み返した。

小紫は死ぬつもりなのだ。小紫が死んだら、すぐあとを追う。錦吾はそう思うことで、いくぶん焦燥《しょうそう》が和《やわ》らいだ。

三

きょうは朝から雨だった。久方ぶりのまとまった雨に、道はぬかぬみ、市中廻りは難儀だろうと思いながら廂《ひさし》を打つ音を聞いていた。

権助の身が気になる。どうも久米吉の行動がおかしい。先日も、鵜飼錦吾の尾行にかこつけて権助を浅草田圃に誘《おび》き出したように思えてならない。

しかし、なぜ権助を殺さねばならないのか。やはり気になるのがこれだと、剣一郎は懐の煙草入を見た。権助の長屋で見つけたものだ。

これは果たして追剝が落としたものだろうか。これを拾ったために、権助は命を狙われたのかもしれない。

昼間でも薄暗い与力部屋に、新任の工藤兵助《くどうへいすけ》が古参の者に引き回され挨拶にやって来た。親の引退によって新規召し抱えになった与力である。

「いろいろ気を使うこともあるだろうが、なあに、いっときの辛抱。仕事を覚えてしまえばこっちのもの」

剣一郎はまだ初々しい工藤兵助の気を引き立てるように言った。

「ありがとうございます。青柳さまのご高名は父からかねがね伺っておりました。何かと青柳さまを見習うようにと父に命じられております」

「とんでもない。俺なんか見習っちゃだめだ」

「いえ。青柳さまは青痣与力と呼ばれて勇猛果敢《ゆうもうかかん》なお方で、いずれ年番方に昇格するだろうと――」

「おいおい、そいつは買いかぶりだ。まあ、何か困ったことがあったらなんでもいいから相談にきなさい」

とかく新しい御役につくことは気苦労が多い。こと与力の新規召し抱えは仕事に馴れるまでは古参者に気ばかりでなく、金も使わなければならない。上司たちに付け届けが必要なのだ。

奉行所はいろいろなところからの付け届けが多く、新任の者からの付け届けも当たり前になっている。変な仕来りだと思ってはいるが、剣一郎もそれに従って来たのだ。「また、改めてご挨拶をさせていただきまする」

兵助が頭を下げて去って行った。

兵助にはこれから一大仕事が待っている。新任の者は同僚を自宅か料亭に招いて御馳走することになっている。芸妓も招き、盛大に執《と》り行う。帰りには土産まで持たせなければならない。

このような悪弊《あくへい》は一掃すべきだと思うが、こういうことが武家社会に長い間根付いてきた知恵なのかもしれない。

剣之助を見習いに出して早く仕事を覚えさせたほうが、いきなりの新参者になるよりは苦労が少ない。

剣一郎は厳しい顔で小机の上の書類に目を落としながら、また剣之助のことを考えた。

剣一郎はまだ引退する歳でもないが、早く剣之助を見習いにして出仕させたほうがいいに決まっている。

見習いには人数に限りがあり七人と決まっている。その中に入るためには上司の覚えをよくしておかねばならない。それもやはり付け届けだ。その点は多恵は抜け目がないようであった。

付け届けの悪弊に眉をひそめながらも、剣一郎も付け届けの仕組みに収まっている。いつの間にか、再び権助のことに思いが向かい、落ち着かなくなって、剣一郎は立ち上がった。

玄関右手にある当番所では付き添いの町役人同道でやって来た訴願の町人が三和土《たたき》にうずくまって訴状を差し出していた。それを物書同心が受け取り、若い当番与力に渡す。

与力は訴状を開いて目を通している。剣一郎はそれを横目に外に出た。雨はさっきより小降りになったようだ。

剣一郎は同心詰所に向かって駆けた。植村京之進を探すと、屈託のある顔で同僚と話していた。

「京之進」

呼んだ声が高かったので、他の同心たちがいっせいに顔を向けた。

京之進はすぐに飛んで来た。

「何でございましょう」

「話しておきたいことがある。今宵、時間を作ってくれ」

「わかりました。青柳さまのところにお伺《うかが》いいたします」

「いや、いい。私が出向く」

「それでは申し訳ございません」

「いいんだ」

剣一郎ははじめから京之進のところに行くつもりだった
「わかりました。それでは拙宅でお待ち申しております」

再び、例繰方の部屋に戻った。壁際の天井にまである棚に書類がびっしり納められている。

雨の日だとなんとなく黴《かび》臭い。天気のよい日には虫干しをしなければならないと思いながら、また権助のことを考えた。

帰宅し、着替え終えてから、剣一郎は実家から泊りに来ている多恵の母親に挨拶に行った。小太りながら、背筋が張って貫禄《かんろく》に満ちている。この母親は二百石の旗本の奥方であり、気位いは高い。

「ただいま帰りました」

剣一郎は正座をして挨拶した。

「お勤めごくろうでございます。るいも剣之助も立派になられましたな」

義母は顔をほころばせた。

「はい。ありがとうございます」

「これで、早くそなたが吟味方、いえ年番方になっていただくと、わたしも鼻が高いのですが」

「はあ」

「あなたのお父上は年番方まで行った御方」

剣一郎は返事に詰まった。父との比較は辛《つら》い。それより、兄が存命であったなら、兄は何をやっていただろうか。俺以上だと父が言っていた兄は、おそらく奉行所一の人材になっていたであろう。

私は父や兄とは違いますとは言いづらかった。

「剣之助やるいにも立派な父上でよかったと思わせるようにならなきゃだめです」

「そのことは重々」

義母はきっと剣一郎を見つめ、

「剣一郎どの。あなたは出世しようという気持ちはおありなのでしょうね」

と、鋭い声できいた。

「もちろんです」

はっきりと、剣一郎は答えた。そう言わざるを得ない。

「それを伺って安心いたしました。私の目の黒いうちにぜひよい報せをくだされ。よろしいですね」

「はい」

辞儀しながら、やっと解放されたという安堵感から覚えずため息がもれた。

「剣一郎どの。何ですか、今のため息は？」

「えっ。いえ、なんでもありません」

涼しい顔をして、多恵が横切って行った。

義母の所を引き下がってから、剣一郎は額の汗を拭《ぬぐ》った。どうも、あの母親と会ったあとは汗をびっしょりかいていることが多い。

夕餉《ゆうげ》の膳に箸《はし》をつけても、どうも落ち着かない。ときたま義母の鋭い視線が突き刺さってくるような錯覚に陥ってしまうのだ。

茶をすすり終わってから、

「これから植村どののところに行って参る」

と、多恵に言った。

その瞬間、義母と目が合った。

「例の大和屋の件だ」

あわてて、言い繕《つくろ》うように言う。

「わざわざこちらから出向くのですか」

多恵がいたずらっぽい目できく。剣一郎の心の内を見透《す》かしてわざときいたのだ。

「うむ。大事な用なのだ」

「剣一郎どの」

すぐに義母の声が飛んで来た。

「それは、あなたの職務に関係していることなのでしょうね」

「ええ、まあ」

「職務以外のことで一生懸命にやっても、あなたの手柄にはなりませんからね」

出世以外にも大事なことはありますとでも反論しようものなら、剣之助やるいの前で頭ごなしにやられてしまうので素直に聞いた。

剣一郎は逃げるように役宅を出た。雨は相変わらず降っていた。

植村京之進の役宅は北島町の端にあった。同心の取高は三十俵二人扶持《ぶち》であり、組屋敷も六十坪ほど。与力の役宅のように冠木門ではなく木戸門で、はるかに見劣りのするものだが、小ぎれいになっている。

雨に濡れた番傘を畳んでいると、奥から京之進と妻女が出て来た。

「青柳さま。このようなところにまでお出でいただき申し訳ありませぬ」

妻女がうきうきして言う。どうやら、この妻女にも剣一郎が将来は年番方まで出世するだろうと思われているようだ。

剣一郎は庭の見える客間に通された。庭の草花が雨に打たれ、小さな池に雨が撥《は》ねている。

そこでも改めて京之進と妻女が深々と頭を下げて挨拶をしたので、

「もう、そんな硬い挨拶は抜きだ。しゃちほこ張るのは役所だけで十分だ。さあ、楽にしてくれ」

と言って、剣一郎は膝を崩した。

妻女が酒肴を運んで来た。

「さあ、どうぞ」

妻女が酌をしてくれた。

「ありがたい。きょうの夕飯はどこに入ったのかわからなかったんだ」

剣一郎は急にくつろいだ気分になった。が、ふと多恵もこうやって上司にうまくとりいってくれているのかと思うと複雑な気分だった。

「あっちはどうだえ。確か絵師だったたな」

盃を持ったまま、雨に煙った別棟に目をやった。

「なかなかいい仕事をしているようです」

土地の一部を絵師に貸して家賃をとっている。

「さっそくだが、大和屋の殺された件だ」

剣一郎は盃を置いてから表情を引き締めた。

「はい」

京之進の顔にも緊張が走った。

「じつはおめえさんにも黙っていたんだが、大和屋の通夜の晩、権助って男が大和屋に情報を売りに来た」

「情報ですと」

京之進の目が光った。

「追剝は旗本鵜飼錦右衛門の弟の錦吾って侍だという」

「なんですって。事件を目撃していた者がいたのですか」

「そうだ。権助の言葉がどこまで信用出来るかもわからねえまま、旗本を疑うわけにもいかず、ひそかに調べようとしたのだ」

「左様でございましたか」

そういう京之進の目に、なぜ早く報せてくれなかったのだという非難の色が一瞬浮かんだ。

「もし、おめえたちに報せたら、鵜飼錦吾に接触するか、見張りをつけたりするだろう。万が一、違ってましたじゃすまねえからな。ただでさえ、旗本連中は俺たちを不浄役人と蔑《さげす》んでいる」

貧苦にあえいでいる旗本たちはいっせいに日頃の憂《う》さを晴らそうとするだろうと、剣一郎は諭した。

「そうでした」

一瞬でも不満を見せたことを恥じるように、京之進は頷いた。

剣一郎は権助のその後の行動を語って聞かせてから、

「久米吉が誘い出してから、権助はいまだに戻って来ねえ」

「ひょっとすると権助は……」

京之進はあとの言葉を呑んだ。

うむ、と剣一郎は唸った。権助は殺されているかもしれない。

「その久米吉という男と権助の行方を探してみましょう」

「そうしてもらおう」

京之進が銚子を向けたので、剣一郎は盃を差し出した。

「で、鵜飼錦吾って侍はどうなんでしょうか」

「そこよ」

剣一郎は渋い顔をした。

「鵜飼錦吾が主犯なら、その下に侍と長剣を扱う者がいる。それと、久米吉もあやしい。これだけの仲間がいて辻斬りを働き、大和屋を殺して奪った金が五両。割が合わねえとは思わないか」

「そうですね」

「そこんとこがわからねえ」

剣一郎は顎に手をやった。

「他に、同じような事件はないんだろう?」

「起きていません」

「単なる追剝なら鵜飼錦吾ひとりでたくさんだ。たとえ、権助の口を封じようとしたって、錦吾ひとりでいい。なぜ、人の手をかけるのか。そうそう、権助がこんなものを持っていたんだ」

剣一郎は煙草入を見せた。

「上物ですね」

「こいつが重要な証拠になるかもしれない」

「青柳さまはなぜ、このようにご熱心になられているのですか」

京之進に改めて訊ねられ、剣一郎は自問した。

「わからねえ」

自分でもわからない。それが正直な答えだ。大和屋の仇《かたき》を討ちたいと思ったが、それは京之進に任せておけばいい。

「しいて考えれば」

と、剣一郎は口にした。

「鵜飼錦吾っていう部屋住みの境遇が俺に重なるからかもしれねえな」

世の中に出る見込みのない侍の悲しみのようなものが俺の心を揺さぶったのかもしれねえ、と剣一郎は思った。

俺は兄の不慮の死のおかげで、家庭を持って、与力としてのうのうと暮らしていられるのだ。またも、胸の奥が疼いた。

「鵜飼錦吾のことは十分に注意をして探索してくれ」

そう言い終えてから、剣一郎は京之進の家を出た。雨は上がっていた。ぬかるんだ道を用心深く自宅に向かった。

家に帰ると、もう義母と子供たちはふとんに入っていた。

多恵はまだ化粧も落とさず、お太鼓に結んだ帯もそのまま。多恵はどんなに遅く帰宅しても、盛装のまま待っている。

着替えてから、夜具にもぐると、ようやく多恵が着替え、化粧を落とす気配がした。多恵はいつも夫に対しても身だしなみに気を配っていた。

四

二日後、いつもの帰宅の道を辿って八丁堀の役宅に近づいたとき、小僧が寄って来た。近くの長屋の子供だ。若党の勘助が飛び出て、小僧の前に立った。

「小僧、何か用か」

「これを青柳さまに」

小僧が差し出した手に文が握られていた。

「ごくろうだった」

剣一郎は受け取り、代わりに駄賃をやろうとしたが、その前に小僧は安心したように笑って去って行った。

文を開いて、剣一郎の顔は曇《くも》った。

「旦那さま。いかがなさいましたか」

勘助が不安げにきいた。

「なんでもない」

すぐ表情を戻し、懐に文を仕舞って家路を急いだ。

多恵の母親はきのう帰ったので、なんとなく軽やかな足どりで門に入った。

玄関に多恵や剣之助、るいが揃って、剣一郎を出迎えた。が、剣之助の表情が浮かないようだ。

着替えて帯を締め終えて、庭を見ると、花が揺れていた。風が出て来たのだ。雲の流れも早い。天気が変わるのかもしれない。

「剣之助はいかがいたしたのだ」

庭から目を多恵に戻して、剣一郎はきいた。

「いかがとは？」

多恵がきき返した。

「なんだか浮かない顔つきであった」

口許に手を当て、うふっと多恵が笑った。

「なんだ？」

「女子《おなご》でございますよ」

「女子だと？」

「はい。剣術道場の帰りに、ごろつきにからまれていた娘さんを助けてやったそうでございます。それから、あのように物思いに」

「恋患《わずら》いか」

「そのような大げさなものではありませぬ」

「しかし、剣之助もそういう年頃になったのか」

剣一郎は感慨深げに呟いた。

「それはそうと、例の件はいかがなさいましたか」

多恵はさりげなく話題を移して来た。

「鵜飼錦吾のことか」

「はい」

「今、京之進が岡っ引きを使って探索しているが、権助と久米吉の行方は杳《よう》として摑めない」

だが、手がかりが舞い込んで来た。さっきの文だ。

文には、「今宵五つ　浅草寺裏手にて、権助」とあった。ほんとうに権助が書いたものとは思えない。権助が字を知っているのかどうか。しかし、それでも行かねばならないと思った。いや、それ以上にあの黒覆面と長剣の男と立ち合えるかもしれないという血の滾りが勝った。

「どうかなさいましたか」

一瞬の表情の変化を見逃さなかった多恵の鋭さに用心をしながら、

「いや。これからまた出かけてくる。勘助を連れて行く」

と、剣一郎は心配かけまいとして言った。

勘助はもともと野州佐野《さの》の百姓の三男で、子供の頃から剣術好きで、近所にいた浪人者から小野《おの》派一刀流を学び、田舎では相当な腕だった。長じるに従い、侍になりたい気持ちを抑えがたくなり、江戸に出て来て、剣一郎の父の代に若党になったのだ。

百姓町人が武士になる道は若党になることであった。

武芸に優れ、気がきく上に、人柄もよく、父は勘助に信頼を置いていたのだ。

勘助を連れて、剣一郎は浅草寺裏手にやって来た。手紙ではどこという具体的な指定はなかったが、浅草田圃を見渡せる場所で待った。

筵《むしろ》を抱えた夜鷹が近づいて来るのがわかった。勘助が前に立ちはだかって追い払おうとしたが、夜鷹は権助の名を出した。

「権助って男がこの先の袖摺《そですり》稲荷で待っているそうですよ」

そういうと、そのまま暗がりに消えて行った。

袖摺稲荷はこの先の日本堤の南側に東西に延びた浅草田町一丁目と二丁目の境にある稲荷神社だ。

「よし、勘助」

「はい」

敵地に乗り込む覚悟を固めて、剣一郎は吉原通いの道を行った。日本堤に出る手前が田町二丁目だ。左手には吉原の廓が見える。この先には吉原通いの遊客に編笠を貸す編笠茶屋が集まっている。

そこへ出る手前を曲がり、しばらく行くと稲荷神社に出た。この辺りには吉原からの帰りに遊里の香りを洗い落としてさっぱりしようという連中が寄って行く茶屋が多かった。

剣一郎の心の中には長剣を扱う男ともう一度立ち合いたいという剣客としての闘争心も少なからずあった。

「勘助、用心しろ」

「はい」

稲荷社の鳥居を潜る。十六坪ほどの小さな稲荷だ。敷石伝いに社殿に向かった。常夜灯のほのかな明かりに、ふたりの薄い影が動く。

雲の流れが早い。今にも降り出しそうな空模様だ。

「旦那さま。あれを」

勘助が鳥居を振り返って叫んだ。

黒覆面の侍と長剣を構えた男が殺気を放って立っていた。

「やはり、罠だったか。なぜ、今度は俺を狙う？　おまえたちは鵜飼錦吾の仲間か。それとも別か。答える気はないのか」

剣一郎もさっと剣を抜いた。と同時に、背後から同じように覆面をした侍が現れ、勘助に向かった。

剣一郎は怒鳴った。

「勘助。気をつけろ」

今夜は長剣の男が先に向かって来た。先日と同じように刀を逆手にとり、地に突きたてるような構えで間合いをはかってくる。

剣一郎もまず正眼で構えた。いきなり長剣を斬り上げてきた。剣一郎はあとずさって避け、と同時に相手の手首に注目したが、いつ順手に変えたのかわからなかった。長剣を天にまで斬り上げた男の手は順手になっていた。

次に、相手は腰を屈め、長剣を背中に担ぐように構え、そして例の横に伸ばした左手に切っ先が届くように首の後ろにまわした。

瞬間、男が跳躍した。長剣が頭上から襲い掛かってくる。その素早さに剣一郎は脇に逃れる術もなく剣で受け止めるしかなかった。

剣がぶつかった瞬間、しびれるような衝撃が手首から二の腕、さらには肩にまで走った。すまさじい力だ。

相手を突き放し、一歩後ろに引いても相手の長剣は十分に剣一郎まで届く。逆に懐に飛び込もうとしても、相手の力がそれを許さない。

鍔迫り合いになれば相手に接近する。長剣のほうが不利なはずだ。が、果たしてどうか。剣一郎は全身の力で押し返す。なおも押す。そして相手が押し返してきた瞬間をとらえ、剣一郎は腰を落とし、剣を引くや、いっきに相手の懐に飛び込んだ。

が、切っ先が届かず、逆に素早く体勢を立て直した長剣が横から襲って来た。思い切り飛び退いたものの、長剣の切っ先は目の前三寸をかすめた。

長剣を操りながら、その動きは速い。ふつうの剣の速さと変わらぬ速度で軌跡を描く。時には剣のように、時には槍のように、長剣は自由自在に襲い掛かる。

勘助が苦戦しているのも気になり、ときたまそっちを気にすると、その間隙をついて長剣が襲い掛かる。

剣一郎は上段に構えたり、正眼に構えたり、いろいろためすが、相手の攻撃を払いのけるだけで精一杯だった。

微《かす》かに、相手の呼吸が荒くなったようだ。肩も上下をしている。長剣を操るだけでも相当な力が必要であろうし、動きも烈《はげ》しい。相手も疲れて来ていることがわかった。だが、それ以上に、剣一郎のほうが疲れていた。顎《あご》が上がってきた。

ここで黒覆面の侍に替わった。こっちの侍も強い。尋常に立ち合って、剣一郎と互角の腕とみた。しかし、剣一郎は疲労困憊しているぶんだけ不利であった。

黒覆面の侍がじりじりと間合いをはかっている。上段から襲って来た剣を剣一郎は腰を落として回り込み、さっと下から斬り上げたが、剣は空を切った。

剣一郎は愕然とした。間合いが狂っている。疲労のせいではない。さっきまでの長剣との対峙で目が長剣の対応になってしまっている。

黒覆面の剣が眉間を狙って来た。間一髪でかわし、その間隙を狙っての攻撃がことごとく外れた。相手の腕を確かにとらえたと思った切っ先が無残に空を切る。防戦一方になり、疲れがますますたまっていくだけだ。

目が霞《かす》み、剣一郎は瞬《まばた》きを繰り返した。相手が覆面の下で笑った。剣一郎の疲れを見てとったのだろう。そして、ついに恐れていた事態になった。

再び長剣を操る男と替わったのだ。すでに疲れは癒《い》えているらしく、動きに華麗さが戻っていた。

跳躍した相手の長剣が頭上から襲って来た。はっとして、剣一郎は剣を受け止めたが、力に押され剣一郎は腰を落とした。気力を振り絞ってふんばるが、ぐんぐん押される。

さらに相手は渾身の力を込めて剣一郎を突き放し、さっと後ろに離れた。と同時に大上段から斬りかかった。後ろに逃れたら五尺の剣の切っ先は剣一郎の身を裂く。剣一郎はとっさに胸元に飛び込み、走りながら胴を払いに行った。

敵は体をひねって一回転し、剣一郎の剣を避けた。なおも体勢を立て直し、向かってくる。

そのとき、賑《にぎ》やかな声が聞こえてきた。吉原帰りらしい客が笑いながらやって来る。

「邪魔が入った」

黒覆面の侍が叫んだ。

「退け」

さっと黒覆面の集団が暗闇に消えた。

「旦那さま、ご無事で」

「勘助、大丈夫か」

勘助の腕から血が出ていた。

町人が笑い声を上げながら通り過ぎる。剣一郎は脇に寄り、勘助の腕に手拭いを巻いて止血しながら、改めて賊の正体を考えた。

錦吾の仲間ではない。もっと、何か大きな秘密を持った連中の仕業だ。単なる追剝がここまで執拗に邪魔者を消しにかかるとは思えない。

はじめてここで、あの追剝は最初から大和屋を狙っていたものではないかと考えた。

五

鵜飼錦吾は部屋でくすぶっていた。小紫がいずこかへ連れ去られてから五日が過ぎていた。

　何度も大里屋に乗り込もうとも思ったが、楼主が簡単に小紫の行き先を教えるはずはない。

「錦吾さま。お殿さまがお呼びにございます」

　襖《ふすま》の向こうから、用人の佐伯半太夫の声が聞こえた。

「兄上はもう帰られておるのか」

「はい。四半刻ほど前に」

「何の用なんだ。お小言なら、つい一昨日《おととい》に食らったばかりじゃねえか」

　錦吾は面倒くさそうに起き上がった。

　襖を開けると、半太夫が畏まっていた。

「なんだ？」

　何か言いたそうだったので、錦吾はきいた。

「いえ。何でもありませぬ」

　半太夫は悲しげな目を伏せた。

　廊下を渡って書院の間に行くと、兄がいかめしい顔で待っていた。少し興奮しているのか、顔が火照《ほて》ったように紅い。

「吉原で、井口屋ともめたそうだな」

錦吾はすぐに返事が出来なかった。

「なぜ、この前は黙っていた」

「たいしたことではありませんから言う必要などないと思っておりました」

「たいしたことではないと？」

兄の目が光った。

「誰からそのことを聞いたと思っておるのか。井筒さまからだ」

錦吾は汚い臭いを嗅いだように顔をしかめ、どうして井筒主水が井口屋との関わりを知っているのかと不審を持った。井筒主水は地方知行で、蔵米取りの兄と違って札差とは関わり合いはない。

そうか、大里屋か。井筒主水はどうしてそのことを知ったのか。

井筒主水と大里屋はつるんでいるのかもしれない。

「錦吾」

兄が厳しい声を出した。

「これ以上、おまえを庇《かば》いきれぬ」

「勘当ということですか」

錦吾はきき返した。

「井筒さまの入れ知恵ですか」

「井筒さまは我が御家のことを心配して仰ってくださるのだ」

兄は真顔で言った。

「私がいたのでは鵜飼家のためにならぬ。即刻勘当しろと言ったのですか」

口許に冷笑を浮かべ、錦吾は皮肉を込めて言った。

「井筒さまにはよくしていただいておるのだ」

「兄上は井筒さまのほんとうを知らないのです」

「錦吾、口が過ぎようぞ」

井筒主水は気位が高く、出世志向の強い男だ。脂《あぶら》ぎった、いかつい顔の主水を小紫は嫌っている。小紫は語ろうとしないが、自分の父親と井筒主水との間で何か問題があったようだ。そのことも、井筒主水を嫌っている理由であろう。

そういえば妹の雪路も井筒主水を嫌っていたようだ。

それにしても、なぜ急に小紫を身請けしようと言いだしたのか。それまではときたま小紫の客としてやってきただけなのに、なぜなのか。井筒主水には俺に対する敵愾《てきがい》心があるのかと、思うこともあった。

「いつからですか。井筒さまが私を勘当しろと言い出したのは？　きょうがはじめてではないでしょう」

「錦吾。これ以上、おまえを庇いきれぬ」

兄はまた同じことを言った。

「わかりました。私と縁を切れば義姉《あね》上も安心でしょう」

自分を邪険にする兄嫁へのあてこすりのように言う。一人分の食い扶持が減るだけでなく、危険な存在を放り出すことが出来るのだ。

「わかってくれ。私は鵜飼家を守って行かなければならないのだ」

兄は頭を下げた。

「おやめください、兄上」

錦吾は怒りを堪《こら》えて言った。

「兄上の、そのお考えが雪路を死なせたとは思いませぬのか」

「雪路のことはもう言うな」

「兄上は雪路が自害した理由をご存じなのではありませんか」

「錦吾、おまえに何がわかる」

兄は目を閉じ、顔を苦痛に歪めた。

鵜飼家を守っていかねばならない兄の気持ちは、錦吾にもよくわかっている。だが、錦吾のやるせない気持ちを兄はわかっていないのだ。いや、誰だってわからないだろう。

しかし、これで踏ん切りがついたような気がした。

「錦吾。少ないがこれを持って行け」

袱紗《ふくさ》包みを差し出した。

手前に引き寄せ、包みを開くと、小判が十枚あった。

「兄上。これは？」

家に金などあるはずもない。井口屋が貸してくれるわけはない。どうやって工面したのかと訊《たず》ねたのだ。

「おまえが気にすることはない。少ないが、当座の暮らしの足しにしてくれ」

「いただけません。兄上がどうやって工面したのか。それを思うと、素直には手が出せません」

「お主が心配せずともよい」

「兄上のお気持ちだけをいただいていきます」

袱紗包みを押し返し、

「兄上。長い間、お世話になりました」

と、錦吾は深々と辞儀をして立ち上がった。

部屋を出かけたとき、兄が呼び止めた。

「錦吾」

「元気でな」

「兄上も」

障子の手前で振り返ると、兄は錦吾に向かって深々と頭を下げていた。鵜飼家の当主として家を守っていかねばならない兄の苦痛が伝わってきた。

やりきれない思いで、錦吾は部屋を出た。

自分の部屋に戻ると、用人の半太夫が追いかけるようにやって来た。

「錦吾さま」

「半太夫か。そなたにも世話になったな。俺はこれからここを出る」

錦吾は開き直ったように言った。

「私の親戚が本所の亀戸《かめいど》におります。落ち着き先を探すまで、どうかそこでお過ごしいただけないでしょうか」

「そうか。もう段取りが出来ているってわけか」

早い段階から勘当の話は出ていたらしい。

「せっかくだが、俺のことなら心配いらねえ。道場仲間のどこかへ厄介《やっかい》になるつもりだ。半太夫、兄上を頼むぜ」

「錦吾さま」

「これでよかったんだ。俺もすっきりした」

半太夫が俯いて肩を震わせていたのを見て、子供の頃から面倒を見てくれたことを思い出し、錦吾も覚えず涙ぐんだ。

錦吾は屋敷を出た。いざ去るとなると、生まれてから二十八年間を過ごし、子供の頃の楽しかった思い出が蘇《よみがえ》り、門の柱にさえいとおしさを覚えた。

長屋門に向かって深々と一礼し、錦吾は勢いよく歩き出した。

俺は死んでいると、錦吾は思った。小紫の面影だけが錦吾のなぐさめだ。しかし、一つの暗い陰湿な思いがふつふつと滾《たぎ》っている。

もはや、俺は何をやっても鵜飼家に迷惑をかけることはないのだと思うと、足枷《あしかせ》がとれて自由に気持ちを発散させることが出来た。場合によっては井筒主水を斬り棄ててもよい。そんなことを考えながら、錦吾は大塚道場にやって来た。

とりあえず、当面の宿を求めねばならず、道場の長屋にでも置いてもらおうかとも考えたのだ。もっともそれは長い期間ではない。

大塚道場は神田佐久間町にある。連子窓から数人の通行人が中の稽古風景を見物していた。

錦吾は道場に出た。道場には師の姿はなく、錦吾と同じ師範代の木崎叉八郎が稽古を見ていた。錦吾の姿を見ると、さっと弟子たちが稽古を止め、壁際に退いた。

「少し汗をかかせてくれないか」

錦吾は叉八郎に言った。

「いいだろう。誰か相手になれ」

叉八郎は弟子のひとりを名指した。

錦吾は胴着を付け、竹刀《しない》を持った。そして、何人かの弟子の相手をしたが、いずれも激しく打ちつけたのは気の晴れないせいであろうか。

稽古を終えたあと、内弟子に師への取り次ぎを頼んだ。すぐ内弟子が戻って来て、奥の師の部屋に案内してくれた。

師は脇息に片肘をついて待っていた。

「錦吾。どうした、改まって」

師はきいたあとで、軽い咳をした。

「じつは鵜飼家から勘当されました」

咳が治まるのを待って、錦吾は打ち明けた。

「なに勘当？」

「はい。しばらく、道場に寄宿させていただきたいと思いまして」

「それは構わぬが、なぜ、勘当の身になったのだ。いつか世に出るときが来る。そのためにも身を引き締めていなければならん」

師は威厳に満ちた顔で言う。

「申し訳ございません」

ひとり娘の楓《かえで》が茶を運んで来た。

春の微風を浴びたように、錦吾は畏まった。楓が去ったあと、師が厳しい声で言った。

「吉原の女にまだ未練を持っているのか」

師は小紫のことを知っているのだ。

「いずれ、そなたにこの道場のあとを継いでもらいたいと思っているのだ」

「過分なお言葉痛み入ります。私のような者にもったいないお話です」

武家の家への養子の口はない身にとって、町道場の剣術の師匠として生きていく道がある。しかし、そのために小紫と縁を切ることは出来なかった。

小紫の真心は錦吾の胸に深く染みついている。世間はばかな男と蔑むかもしれないが、小紫を棄ててまで大塚道場を手に入れたいとは思わなかった。

「そのためには吉原の女と手を切ってもらわねばならぬ。それが出来ぬのなら、考えを変えねばならない」

「師のお気持ちを無にするようで心苦しいのですが、私がこの道場を守って行くことは無理です。どうか、木崎叉八郎をお取り立てくださるようお願い申し上げます」

木崎叉八郎は同じ旗本の次男坊だ。そして、妹の雪路と恋仲であった。雪路に死なれ、叉八郎は傷ついている。叉八郎にこそ、早く雪路のことを忘れ、新しい生き方をして欲しいのだ。

「やはり、吉原の女と手が切れぬと申すのか」

「はい」

「もうよい。下がれ」

師は機嫌を損じたように言った。

錦吾は深々と辞儀をし、師のもとから離れた。

道場の横に、古ぼけた小屋が建っている。始終諸国から集まってくる剣客のために用意してある。最盛期には十人近い剣客が居候していたが、今は誰もいない。

部屋で横になっていると、土間に人影が現れた。顔をもたげると、楓が立っていた。

「錦吾さま。よろしいでしょうか」

「どうぞ」

錦吾はあわてて起き上がり、正座をして師の娘を迎えた。

「父より、錦吾さまが勘当されたとお伺いいたしました。誠でございますか」

「その通りです」

「これからどうなさるおつもりですか」

「考えておりませぬ」

「私は心配しております」

「心配？」

錦吾は楓の顔を見返した。

「近頃の錦吾さまはひたむきさがなくなっております。生きていくことに何の意味も見いだせない。はっきり申せば、脱け殻。そのように思えまする」

楓は熱い眼差しで続けた。

「父はいつも申しておりました。錦吾さまは一角の人物になるであろうと。それなのに、楓は悲しすぎます」

「お嬢さま。私はこの程度の男です。吉原の遊女の間夫になって浮ついた生き方しか出来ないやわな人間です」

錦吾は突き放すように言った。

「その遊女とやらがうらやましゅうございます」

涙声になって言ってから、

「どうぞ、御身を大切になさってください」

と言い、楓はさっと踵を返した。

錦吾は膝に置いた手を握りしめ、追いかけたい衝動を堪えた。

錦吾には楓の気持ちが痛いほどわかっている。楓の婿になり、大塚道場を継ぐ。それが錦吾にとっても楓にとっても、かつまた大塚道場にとってももっともよいことだとわかっている。

しかし、錦吾には小紫がいるのだ。結ばれる当てのない相手であるが、小紫には命をかけた情があった。その情を切り捨てて自分だけがしあわせになるわけにはいかなかった。

六

朝飯のあとで、髪結いの清次がやって来た。

縁側で髪を結いながら、清次が話を切り出した。

「旦那。先日の大和屋の孝之助のことですが、深川《ふかがわ》に馴染みの芸者がいるようですが、とくに囲っているような女の噂はありません」

「そうか」

「もっとも、うまく囲っているのかもしれませんが」

大和屋の孝之助、今はあとを継ぎ、庄左衛門を名乗っている。おみつという小料理屋の女将は、先代大和屋の心配ごとが孝之助のことではないかと言っていたのだが、女のことではないようだ。

きれいに小銀杏が整った。

きょうは非番で、剣之助を誘って向島《むこうじま》まで行くことになっていた。

向島には剣一郎の剣の師である真下治五郎《じごろう》が隠居して住んでいる。真下治五郎は江戸柳《や》生《ぎゅう》の新陰流の達人で、五年ほど前まで鳥越神社の裏手に道場を開いていた。

江戸柳生は一刀流と共に将軍家御指南役を勤めたのだが、形式化し今では衰退してしまい、柳生新陰流は尾張柳生がその流れを継いでいるだけである。

真下治五郎は江戸柳生の技を伝えている数少ない剣客のひとりだった。が、今はその道場を伜に譲り、向島に移ってしまったのだ。

「どうぞ真下先生によろしくお伝えください」

多恵に見送られて、剣一郎は剣之助といっしょに向島に出かけた。家々の軒下には菖蒲《しょうぶ》が飾られ、商家の庭には鯉のぼりがはためている。端午《たんご》の節句が近い。

八丁堀組屋敷の堀から船に乗り、富島町《とみじま》一丁目、霊岸島《れいがんじま》、そして箱崎町《はこざき》、永代橋《えいたい》を通り、田安《たやす》家の下屋敷を右手に両国橋に出た。

剣之助は凜々《りり》しい顔に川風を受けながら周囲の風景に目を向けていた。波は穏《おだ》やかで、船頭の櫓《ろ》を漕ぐ音が規則正しく耳に入って来る。大川に出て船の速度も上がった。ときおり、雲間から強い陽射しが現れる。

柳橋《やなぎばし》の料理茶屋の大屋根が視界から消えると、やがて浅草御蔵の蔵が波に浮かんでいるように見えて来た。

駒形堂から浅草寺の五重の塔。目を転じれば、水戸《みと》さまの下屋敷を過ぎて、やがて三囲《みめぐり》神社と牛《うし》の御前《おまえ》社の鳥居が見えてくる。

船は岸に近づいて行く。三囲神社の鳥居の前にある船着場に到着した。ここから対岸の山谷堀の船宿竹屋まで渡し船が出ている。

土手に上がって歩き始めた。草木の匂いが気持ちよい。土手沿いは春には桜が雲霞《うんか》のように咲き乱れるのだが、今は葉桜で緑が濃い。

「真下先生はどうして隠居などなさってこんなほうにお住みになられたのでしょうか」

父との遠出に浮き立っているのか、剣之助の声には弾みがあった。

「剣の極意に達したものにしかわからぬ悟りがあったのであろう」

「悟りとは何でしょうか」

剣之助が若々しい声できく。

「さて、思うに、一言で言えば虚《むな》しさであろう。剣客としての虚しさだ。いや、人生の虚しさかな」

「私には難しすぎます。わかりません」

「そうだ。おまえにはまだわからなくていい。本当言うと、俺にもわからん」

「あっ、お祭りでしょうか」

剣之助がはしゃいだ声できく。

「長命寺《ちょうめいじ》だ」

山門の左右にある茶屋で名物の桜餅を売っている。参拝客が多い。

ひとの姿もまばらになり、前方の高い樹で烏《からす》が啼《な》いている。真下治五郎の家は鬱蒼《うっそう》とした中で静かにたたずんでいた。

枝折《しお》り戸を入り、入り口で声をかけると、庭先から白髪の真下治五郎がすぐ顔を出した。手に鍬《くわ》を持っている。日焼けし、皺《しわ》の浮いた細い顔は猿を思わす。

「おう、青柳さんか。それに剣之助。よう参られた。さあ、上がりなさい」

真下先生はうれしそうに言った。

「はい」

剣之助が大きく返事をする。

「おいく。青柳さんだ」

おいくは真下治五郎の二十近くも歳若い女房である。老齢の境に入った治五郎に、なぜこんなに若い女がついてくるのか剣一郎は納得いかない。ただ若いというだけなら許せるが、美しいのだ。その上、気立てがいいときている。

「青柳さま。さあ、どうぞ」

おいくは地味な身形《みなり》なのに、体中から色香があふれてきそうだった。鼻筋が通り、小さく引き締まった口許が愛らしい。

「これ、先生といっしょにいただこうと思いまして」

剣一郎は徳利《とっくり》を見せた。

「なに。酒か」

庭から上がって来た治五郎が相好を崩した。

庭に面した座敷に、膳がしつらえられた。遠く富士が見える。

「さあ、青柳さま」

おいくが酌をしてくれた。

「おいくもいただきなさい」

真下が言うと、おいくがちょっと小首を傾げ、

「じゃあ、いただこうかしら」

と、微笑《ほほえ》んだ。その仕種もたまらないと、剣一郎はにやつき、あわてて顔を引き締め、急いで銚子をつまんだ。

「どうぞ」

剣一郎は緊張して手の動きがぎこちない。

なぜ、真下先生は隠居されたのですかと剣之助に訊ねられたとき、剣一郎は悟り云々の話をしたが、じつはこのおいくの存在だと思っている。剣よりもおいくを選んだのだ。少なくとも、そう信じ込ませるにふさわしいおいくである。

しばらくしてから、剣之助はひとり庭に出て、遠くを眺めた。

「こちらで退屈ではございませんか」

愚問だと思いつつ、つい訊ねた。

「毎日、近郊を散策したり、飽きることはない。おぬしも隠居したら、こっちで暮らすとよい」

「はい」

おいくのような女と暮らせるものなら今すぐ隠居してもよいと思った瞬間、多恵の顔が浮かんで剣一郎はうろたえた。

「どうしたな」

「いえ、なんでもありません」

おいくが席を立ったとき、剣一郎は声をひそめて、

「先生。じつは先夜、曲者に襲われたのですが、その中に長い剣を使う者がおりました」

「長い剣？」

「はい。刀身だけで五尺もあろうかという長い剣です。それを地べたに突き刺すように構えたり、背中に担ぐようにして迫って来るのです」

「刀身が五尺もの長い剣を鞘から抜くのは不可能ではないのか」

「いえ、その者はいともたやすく抜き放ちました」

「なんと」

治五郎は遠くを眺めるような目つきをした。

「唐人剣《とうじん》であろうが、わしも対峙したことはない。長剣を自由に操るのは相当な膂力《りょりょく》と

技が必要だろう。間合いの見切りが難しそうだな」

そう言うや否や、治五郎は立ち上がった。

「庭に出よう」

「はっ」

治五郎の意を察し、剣一郎は即座に立ち上がった。

庭に出た治五郎はいつの間にか長い棒を持っていた。それを寄越し、

「唐人剣の型をして見せてくれ」

と、言った。

剣一郎は先夜の記憶をたぐりながら、まず右手に持った棒を地面に突きたてるように構えた。が、逆手に持つと、長いので地面に突き刺さってしまう。ぐっと斜めに持たなければならなかった。対峙したときは、相手は剣を地面にまっすぐ突きたてるように構えているように思えたが、実際はこのように斜めに構えていたのか。

治五郎は木刀を正眼に構えている。剣一郎は逆手から斬り上げてみた。が、あっと剣一郎は叫んだ。棒の先はうまく回転しない。逆手では無理だ。

「そやつは逆手で斬り上げ、途中で手首をひねり順手に持ち替えているのだ」

「順手に?」

見えなかった。持ち方の瞬間は目に止まらなかった。

次に、剣一郎は棒を背中に担ぎ、そして左手を横に伸ばし、剣を首のうしろを当てて切っ先を左手のほうに近づけた。

しかし、跳躍し、宙を回転しながらの攻撃は口で説明するしかなかった。

今度は治五郎が棒を持ち、剣一郎が木刀を構えた。治五郎は今剣一郎が見せた型を真似て迫った。

少し離れた場所で、剣之助が真剣な眼差しで見つめている。

治五郎が棒を振り上げた。先夜の緊張感がたちまち蘇った。

「そのとおりです」

覚えず、剣一郎は声を上げた。

治五郎は急に構えを解いた。

「少し考えさせてくれ」

治五郎は厳しい顔で言った。

陽が傾いた頃、剣一郎は辞去した。

帰途、剣之助が言った。

「お師匠の内儀さんはすいぶんきれいな方ですね」

「剣之助にもわかるか」

そう言ったあとで、剣一郎はあわてて、

「母上にそんなことは言わないように」

「えっ、なぜでございますか」

「それはな」

剣一郎は返答に詰まった。

「それはな。女というものは自分が一番美しいと思っているものだ。とくに母上はな。女の前では美しい女子の話はしないほうがいい」

「そういうものでしょうか」

「そういうものだ。それより、剣之助。いつぞや人助けをしたそうだの。可愛い娘さんだそうじゃないか」

「は、はい」

剣之助ははずかしそうに俯いた。

「よいことをした。で、その後、その娘さんとは会ったのかな」

「はい。お礼に来てくれました」

「そうか」

恥じらう剣之助を見ながら、剣一郎は遠い日の自分を思い出していた。

剣一郎と剣之助が帰宅したのは夕餉の前だった。

「母上。野菜を土産《みやげ》にもらって来ました」

剣之助が風呂敷包みを差し出す。

おいくが近くの農家から買い求めたものだ。

剣一郎が奥の部屋に行くと、新しい品物が置いてあった。また誰かが来たらしい。誰が来たなどとはきかない。必要とあれば、多恵のほうから話すからだ。それに、品物の場合は剣一郎は目にすることが出来るが、品物といっしょにいくら包んできたなどとは多恵は言わない。

「真下先生はいかがでしたか」

多恵がやって来てきいた。

「うむ。お元気であった。多恵にもよろしくと仰っておいでだった」

「奥様にもご挨拶をしておりませぬ。一度、私もごいっしょしましょう」

「いや、それには及ぶまい」

剣一郎は目をそらして言う。

多恵が訝《いぶか》しげな目を向けた。

「なんだ」

剣一郎はきく。

「なんだか、真下先生のところから帰ってくると、いつも火照ったような顔をしておられるので不思議に思ったのです」

急に剣一郎は咳き込んだ。

「おや、風邪ですか」

「川風に当たり過ぎたのかもしれないな」

剣一郎はとぼけたが、多恵の鋭さには呆《あき》れるほどだった。

ちょうど、そのとき玄関に声がした。どうやら、京之進のようだ。

「京之進だったら庭にまわってもらえ」

剣一郎は言い、濡れ縁に出て待った。

待つ間もなく、京之進が庭を通ってやって来た。剣一郎は縁側から、

「上がらないか」

と、誘った。

「いえ。すぐ行かなくちゃなりませぬ。じつは、鵜飼錦吾が鵜飼家を勘当となり、現在は大塚道場に居候《いそうろう》をしております」

「なに、勘当？」

「先日、吉原で札差の井口屋と騒ぎを起こし、そのことが鵜飼さまのお怒りを買ったようだということです」

「吉原で騒ぎか」

「鵜飼錦吾には吉原に馴染みの女子がいたようです」

「吉原か」

なるほど錦吾は三ノ輪に向かったが、吉原とは近い。

「そのことはどうやって調べたんだ」

「はい。たまたま吉原の面番所詰めの同心からその話を聞きました。それで、札差の井口屋に会って来たのです。井口屋は鵜飼家と取引があるそうで、鵜飼錦右衛門どのからそのことを聞いたそうです」

旗本とはいえ、今や札差の井口屋に気兼ねしなければならない。そのために、錦吾を勘当したのだろうか。

「それから、鵜飼錦吾が師範代を勤める大塚道場を調べてみたのですが、黒覆面や長剣の徒党を組む仲間がいるようには思えませんでした」

そうであろうと、剣一郎は頷いた。

「鵜飼錦吾と大和屋との関連も見つかりません」

やはり、わざわざ呼び出して剣一郎を襲ったのは鵜飼錦吾を陥れようとした者の仕業に違いない。だが、なぜ、権助のあとに今度は俺なのか。権助を誘き出したあと、当然奴らは長屋を調べたであろう。しかし、煙草入はなかった。剣一郎が持って行ったことに気づいた可能性は強い。そのことで、剣一郎を亡き者にしようとしたのかもしれない。

「ただ、妙なことがわかりました」

京之進が厳しい顔で言った。

「妙なこと?」

「はい。鵜飼錦吾には雪路という妹御がお出ででした」

「うむ。聞いている」

「その雪路という娘が二ヶ月ほど前に病死しております」

「死んだ?」

「ところが、それとなく調べたところ、雪路は自害したようなのです。そういう噂が流れておりました」

「自害だと。おぬし、最近、旗本の娘が立て続けに自害していると言っていたな。錦吾の妹をいれると、三人になる」

「はい」

「この二ヶ月の内に三人というのは多過ぎる」

京之進が引き上げたあと、剣一郎は鵜飼錦吾のことを考えていたが、夕餉の支度が出来たと、おるいが呼びに来たので思いから覚めた。

翌朝、風呂に浸りながら事件を整理しようと、朝飯前に剣之助を誘って近くの湯屋に行った。

男湯のほうは混雑していて、剣一郎は誰もいないと聞いて女湯に入った。

八丁堀の役人は女湯に入ることを許されていた。朝から昼前まで女湯は空いており、そこに入れるのは八丁堀役人の特権であった。だから、女湯には刀掛けが置いてある。

しかし、剣一郎はめったに女湯に入ることはない。

ざくろ口から湯船に入る。湯に浸かりながら、事件のことを考えた。敵は狙いを剣一郎に定めたのか。これからも襲ってくる可能性は強い。それほど、あの煙草入は重要なものなのだ。そうだ、念のために鵜飼錦吾に煙草入のことを確かめてみる必要があるな、と剣一郎は思った。

錦吾に会う決心がついて、剣一郎はようやく迷いが吹っ切れ、剣之助にさりげなくきいた。

「母上から何かきかれたか」

「何をですか」

「真下先生のお宅のことだ」

「いえ、何も」

「そうか」

剣一郎はほっとしたが、そんな表情のゆるみを、剣之助が不思議そうに見ていた。が、

ふと思い出したように、

「そうだ、思い出しました」

「なんだ」

「母上はいつも真下先生の奥様に頂き物をしているから何かお返しをしたいと言っていました」

「お返し？」

「はい。それで、奥様はどんな御方かときかれました」

「な、なんと答えたのだ」

「先生よりずっと若くてとてもきれいな御方ですと」

「そう言ったのか」

剣一郎はあわてた。

「いえ、そう答えようとしたのですが、父上が言うなと仰っておいでてでしたので、私にはわかりませんから父上におききくださいと答えておきました」

「そうか」

「でも、私には解《げ》せません」

「なにがだ？」

「なぜ、母上にそんなことを隠すのか。そんなことで機嫌の悪くなるような母上ではないと思いますが」

剣一郎も自分でも不思議に思っている。真下先生の内儀が若かろうが、美しかろうが、剣一郎には関係ないことだ。それなのに、なんとなく言いづらい。

返答に困っていると、ざくろ口から現れたのはまつという芸者だった。二十半ば過ぎの年増だが、大柄で色っぽい。

「おや、青痣の旦那じゃございませんか」

芸者まつは前を隠そうともせずに湯船をまたいで入って来た。剣一郎は目のやり場に困って、湯をすくって顔に当て、

「姐《ねえ》さんも元気そうだな」

と、そっぽを向いて言う。

「お唄のほうはまだですか」

「そのうちにな」

まつは日本橋界隈の芸者の中でも声もよく、三味線も上手というので評判である。常磐《ときわ》津《づ》の名取芸者で、常磐津の名取名の文字松《もじまつ》のまつを源氏名にしている。

「いつでもあたしが教えてあげますからね」

隠居したらまつから常磐津を習おうかとも思っているが、まだ先のことだ。

「あら、こちら息子さん。確か、剣之助さま」

まつが華やいだ声を出した。

「よう知っておるな」

まつにそんな話をしたかと、剣一郎は記憶をたぐったが思い出せない。

「いい男ね」

そう言うと、剣一郎の傍につつとやって来て、

「まだ生息子でしょう。あたしが男にさせてあげますよ」

と耳元で囁いた。

「よけいなお世話だ」

剣一郎はもう一度顔に湯をかけ、さっと湯船から出た。

「旦那。また、お座敷で会いましょう」

後ろから、まつが大きな声をかけた。

湯屋を出たところで、剣之助がきいた。

「さっきの女のひと、父上の耳元で何を言っていたのですか」

「なんでもない」

剣一郎は渋い顔で答えた。

「あの女のひとのことも母上には黙っておきます」

剣之助がすまして言った。

その日、いつもの時間に出仕した。空はどんよりとしていた。奉行所にはすでに訴願の者たちが並んでいた。付き添いの町役人と同様訴人も羽織袴姿なのは家持ちなのであろうか。訴人は身分によって羽織袴を身につけるのだ。

午後になって、新任の工藤兵助が、二十日の夜はお願いいたしますと、わざわざ言いに来た。日本橋の本町一丁目の『常磐家』で一席設けるということになっている。

「喜んでお伺いする」

安心したように去って行く工藤兵助を微笑ましく見送ってから、剣一郎は今度は伜剣之助のことを思い出した。

子供だと思っていたが、剣之助ももう一人前の男になりつつあるのだ。芸者のまつが言った言葉を思い出し、まつに男にしてもらうか、それとも俺と同じように吉原か、などととりとめもなく考えた。

吉原のことから連想し、鵜飼錦吾に会う前に、錦吾の女のことを調べてみたいという思いにかられた。

そこに吟味与力の浅井又兵衛が詮議の合間を縫ってやって来た。

「青柳どの」

浅井又兵衛の暗い顔を見て、剣一郎は用向きを察した。

「明日、野田喜十郎にご沙汰が下ることになった」

剣一郎は目を閉じて浅井の言葉を聞いた。あとのふたりは江戸払いである。

「ごくろうさまです」

浅井の労を謝し、剣一郎は頭を下げた。

「青痣どの」

あだ名で呼んだのは、これ以降は個人的なことだからだろう。

「野田喜十郎に一目会われるか。ならば、そのように取り計らうが」

「いや。会えば野田喜十郎も心苦しくなるかもしれません。この上は、静かに旅立たせてやりたいと思います」

剣一郎は頭を下げた。

野田喜十郎の顔を見れば、なぜ生きようとしないのかと責めてしまうかもしれない。もはやどうする術《すべ》もないのだ。

帰宅すると、剣一郎はすぐに外出の支度をした。

多恵に見送られて、剣一郎は役宅を出た。

いっしょに行くと勘助がついて来たが、ひとりでいいと帰した。勘助の腕の傷がまだ癒《い》えていないからだ。それでも、勘助は心配そうに遅れてついてきたが、剣一郎が振り返って手で制するとやっと諦めて引き返して行った。

きのうと同じように八丁堀河岸から船に乗り、きょうは山谷堀へ向かった。風が出て来たのか、波が高い。猪牙《ちょき》は小さく上下に揺れながら走る。浅草御蔵の土蔵がきょうは霞んで見えた。

雲は重たく低く垂れ込めている。雨の心配があったが、「だいじょうぶ、持ちますよ」と若い船頭が言った。

山谷堀の船宿につき、そこから日本堤の土手を歩いた。田圃に夕闇が迫って来て、少し前を行く吉原通いの遊客の姿も黒い影になっていた。

見返り柳を過ぎて衣紋坂を下り、五十間道を大門に向かう。遊客も足を急かせる。駕籠が通り過ぎた。

大門の右に遊女の逃亡の監視をする四郎兵衛《しろべえ》番所があり、左には面番所がある。その格子の中で監視の目が光っている。ここには町奉行所の隠密廻りの同心が詰めている。悪所にはいろいろな男たちが集まってくるからだ。

剣一郎はその面番所に入った。

「青柳さま」

小太りの同心が剣一郎と気づいて立ち上がった。

「お役目、ご苦労でござるな」

剣一郎はねぎらいの声をかけてから、

「いやいや、役儀ではないから」

と断り、傍らにいた岡っ引きに鵜飼錦吾について訊ねた。

「へえ、確かに札差の井口屋と口論になっておりました」

「原因は何かな」

「借金のことでございましょう。鵜飼錦吾どのは馴染みの小紫という遊女が療養中で会えずに、そのいらだちがあったのでございましょう」

「小紫と言うのか。鵜飼錦吾の女は？」

「そうです」

「で、小紫は病気なのか」

「はい。大里屋の寮で出養生をしているそうです。早く病を治して身揚がりさせたいってのが本音でしょう。だいぶ身揚がり金がたんまりと転がり込むでしょうから」

「身請けしようという人間がいるのか」

「まあ、小紫は大里屋の打ち出の小槌みたいなものですから、よほどの金を積まない限りは大里屋が承知はすまいと思いますが」

「ところで、大里屋の寮はどこにあるか知っているか」

「へえ。三ノ輪です」

「なるほどな」

剣一郎は鵜飼錦吾の行動を思い合わせて頷いた。

久しぶりに中を冷やかしてみたいと思ったが、三ノ輪まで行ってみることにして、大門をあとにした。

しばらくして、夜の張見世が始まるのだろう、すががきという三味線の音が聞こえて来た。すががきは遊女が張見世に出る合図に弾いた三味線だけのお囃子《はやし》だ。

日本堤に出て、来た道とは逆に三ノ輪方面に向かった。土手の脇に堀が続き、右手には田圃が広がっている。

面番所で借りた提灯に明かりを入れ、すっかり暗くなった土手を行く。やはり、三ノ輪方面からも遊客がたくさんやって来る。

三ノ輪の町家が近づいて来た。剣一郎は自身番に行き、そこで大里屋の寮を訊ねた。

自身番は各町内に一つあり、定町廻り同心が立ち寄り、ときには容疑者を連れ込んで取り調べをしたりするが、それだけではなく町内の住人や諸々の管理もしているところだ。

自身番に立ち寄るのは定町廻り同心が一番多いが、風烈廻りの巡回でも立ち寄ることがあり、剣一郎もここの番人とは顔見知りであった。

寮の場所を聞いて、すぐにそこに向かった。雑木林のすぐ傍《そば》の小ぢんまりとした黒板塀の家だった。

ちょうど年寄りが出て来たので、剣一郎は近づいて声をかけた。寮番という体の男だが、苦み走った顔立ちには若い頃の道楽が垣間見える。おそらく、大里屋で働いていた男で、歳をとってからこの仕事にまわされたのであろうと見当をつけた。

「こちらは大里屋さんの寮かい。怪しいもんじゃゃねえ」

剣一郎はさりげなく声をかけた。

「へえ、さようでございます」

「おまえさんはここのひとだね」

「へえ。寮番をしています多平《たへえ》と申します」

こっちが武士なので、多平は腰を折り、丁重に応じている。

「小紫が養生しているときいたがどうだ」

「はい。ですが、今はいません」

怪訝《けげん》そうな顔で、多平は用心深く答える。

「どこへ行ったのか知らないか」

「いえ。知りません」

考えてから、

「大里屋さんの寮はここ以外にもあるのか」

剣一郎はきいた。

「さあ、ないと思います」

「鵜飼錦吾って侍を知っているか」

「錦吾さま」

「知っているようだな」

「い、いいえ」

多平があわてて首を横に振った。

そこに年増の女がやって来た。外出先から戻って来た様子だ。

「おや、おまえさん。どうしたのさ」

女は剣一郎に一礼してから多平にきいた。

「私は鵜飼錦吾どのの知り合いのものだ。怪しいものじゃない」

剣一郎が言うと、女は正面に顔を向けて、

「錦吾さまはどうなすっていますか」

「鵜飼家を勘当されて、今は大塚道場に寄宿している」

「まあ」

女が目を見開いた。

「鵜飼錦吾は小紫に会いに来ていたんだね」

「はい。旦那には内緒で、私たちが手を貸してやったんです。それなのに、急に小紫さんをどっかへ連れて行ってしまわれた」

女は悔《くや》しそうに言った。

「どこへ行ったのか、見当もつかないのか」

「錦吾さまにも調べてくれと頼まれたのですが——」

女は多平と顔を見合わせ、

「あたしは心配なんです。このままじゃ、小紫さんは死んじまいますよ」

「死ぬ？　どうしてだ？」

「小紫さんはほんとうの病気じゃないんです。身請け話が出て、そのことから逃げるために食事をとらず、わざと病気になっていたんです。このままじゃ、ほんとうに病気になってしまいます」

「そうだったのか」

「お侍さま。どうか、小紫さんを探してやってくださいましな。お願いします」

女は頭を下げた。

翌日、剣一郎は帰宅してから、すぐに大塚道場に向かった。

大きな道場で、玄関を入って案内を乞《こ》い、現れた門弟に
「鵜飼錦吾どのにお会いしたい」

と、取り次ぎを頼んだ。

外で待っていると、だいぶ待たされてから鵜飼錦吾が出て来た。

「俺に用というのはあんたか」

なんという暗い目なのだというのが、錦吾に対する強烈な印象だった。その暗い目に線香の火のように僅かに燃えるものがあった。が、その僅かな火もやがて消えて行く。そんな頼りなさを感じた。

錦吾は明かりの射さない暗い道を歩んで来たのかもしれない。部屋住みの悲哀が錦吾を包んでいる。そんな気がしてならない。

錦吾の姿こそ、剣一郎の姿だったのかもしれないのだ。今の俺があるのは兄の死によってであるという、またも自分を苛《さいな》む思いに襲われた。

「あなたに大事な話があります。ちょっとお付き合いくださいませんか」

「いいだろう」

と、錦吾は無表情で答えた。

剣一郎は錦吾を神田川の河岸にある蕎麦《そば》屋に連れて行った。

二階の部屋に上がった。開け放たれた窓から川風が入ってくる。

「じつはあなたには吉原で会っているんです。まあ、見かけただけですが」

杯を運ぶ手を止め、錦吾が鋭い目をくれた。

「引手茶屋に入る井口屋さんと押し問答をしておいでだった」

剣一郎は自分が見ていたように嘘をついた。

「とんだところを見られたってわけか」

自嘲気味に口許を歪め、いっきに酒を呷《あお》る。

「小紫とか仰っていたが、あなたの馴染みの女ですか」

「あんたには関係ないことだ」

錦吾は吐き捨てる。

「それはそうだ」

剣一郎は笑った。

「でも、せっかく近づきになったのだ。聞かせてくれませんか。あるいは力になれるかもしれませんよ」

錦吾は黙って手酌で酒を呑んだ。

「蔵前通りで、質屋の大和屋が追剝に殺されました。その追剝のあとを尾行した者がおります。名前は権助」

「何の話だ？」

興味なさそうにきき返す。

「先日、あなたが並木の『三升家』という小料理屋から三ノ輪に向かうのを、権助が久米吉という男といっしょに尾行して行きました。権助は辻斬りがあなただと思っていた」

錦吾の目が鈍く光った。

「その途中、黒覆面の侍と長剣を操る男が権助を襲った。私が助けに入らなければ権助は殺されていたでしょう。ところが、その権助が久米吉という男に誘われ、未だに行方不明。その間、今度は私が黒覆面の侍と長剣を操る男に襲われました」

「ばかな。私ではない。失礼な」

錦吾は気色ばんだ。その怒りは嘘とは思えなかった。

「これをご覧ください」

剣一郎は例の煙草入を出した。

「これは？」

「例の辻斬りが落としたものらしい」

しばらく眺めていたが、錦吾は無言で煙草入を返して寄越した。

「黒覆面の男は一刀流の遣い手だ。あなたにはそういう人間に心当たりはありませんか」

「一刀流……」

「そう、体格はあなたぐらい」

錦吾は遠くを見る目つきをしたが、やがて首を横に振った。

見かけも優れ、剣も立つ。もし、長子として生まれていたら、いやいい養子の口があったらきっと一角の働きをする人物に違いないと睨んだ。

が、今のままでは出世の糸口はない。そんなやり切れない思いが遊女の小紫に向かわせたのであろう。

「御馳走になった」

いきなり、錦吾は立ち上がった。

「待ちなさい。小紫さんは、あなたと引き裂かれたくなくて、わざと病気になったそうですね」

「どうして、そこまで？」

錦吾が眦《まなじり》をつり上げた。

「三ノ輪の大里屋の寮の番人夫婦にきいた。このままじゃ小紫はほんとうに病気になってしまうからなんとかしてくれと頼まれた」

「小紫を探す手がかりはない」

錦吾が無念そうに歯嚙みした。

「大里屋にきいてみたのか」

「無駄だ。俺から引き離した張本人ではないか。それに」

「それに？」

「もういいのだ」

「もういいとはどういうことなんだね」

「俺にかまうのはもうこれきりにしてくれ」

言い捨て、さっと錦吾は踵を返した。

部屋を出かかって、錦吾は振り向いた。

「あんたの名前をきいていなかったな」

「私は青柳剣一郎です」

頷き、錦吾はさっさと梯子《はしご》段を下りて行った。

窓の手すりに寄り掛かり、外を見ていると、錦吾が出て来た。去って行く後ろ姿が暗く沈んでいた。

ふと、野田喜十郎のことが脳裏を過った。今夜、喜十郎は打ち首になるのだ。やりきれなさに、剣一郎は目を閉じて唇を噛みしめていた。

七

青柳剣一郎と別れ、堀沿いを歩きながら、鵜飼錦吾は押し寄せる悲しみと闘っていた。

すでに小紫は死んでいるかもしれない。そんな気がしてならないのだ。まだ生きていたとしても、今の絶望感の中ではいずれ死を選ぶことは間違いない。

あの世でいっしょになりたいという小紫の真実が胸を揺さぶる。自分もいずれ死にどころを得なければならないと思いながら道場に戻った。

裏門に向かいかけたとき、道場の正門脇に立っていた男がいきなり走り寄って来て声をかけて来た。

「鵜飼錦吾さまでしょうか」

錦吾は立ち止まった。細身の遊び人ふうの男だ。陰険そうな目つきをしている。

「何だ？」

「じつはあっしは小紫さんの使いで参りました」

「小紫の使いだと？」

錦吾は疑い深く男を見た。

「小紫はどこにいるんだ？」

「今戸《いまど》にある井口屋の寮です」

「井口屋？　おい、なんで井口屋が小紫を連れて行ったのだ」

錦吾は男の胸ぐらに摑みかかった。

「離してくださいな。あっしはただ頼まれて伝えに来ただけなんですぜ」

「すまなかった」

錦吾はあわてて手を離した。

「小紫さんの言づけは、今宵五つ（午後八時頃）にひそかに訪ねてきてくださいとのことでございます」

「詳しい場所を教えてくれ」

「待乳山《まっちやま》聖天さまの前に今宵五つ頃にお越し願えれば、あっしがご案内申し上げます」

「わかった」

「じゃあ、くれぐれもこのことは内密に」

男は素早く離れて行った。

いったん長屋に戻ったが、夜になるまで落ち着かなかった。

暮六つ（午後六時頃）の鐘をきいてから、道場の長屋を出た。途中で、またつけられていることに気づいた。

町方なのか。そうだとして、なぜ町方が俺を張っているのか。錦吾に思い当たる節はない。そうか、俺は追剝の犯人に疑がわれているのだ、と自嘲ぎみにつぶやいた。

錦吾は稲荷町に出てから、今戸とは逆の車坂《くるまざか》町方面にわざと足を向けた。黒い影はそのままついてきた。

街角を曲がると、寺の多い町になり、人通りも少ない。山門に入って、すぐに植込みの暗がりに隠れた。

少し間を置いて、男が山門に入って来た。錦吾の姿が見えないので、あわてた様子で本堂のほうに向かった。錦吾は素早く山門を飛び出し、来た道を戻った。

待乳山聖天宮のこんもりとした山が見えてきた。石段を山門の横で待っていると、昼間の男がやって来た。

静かに近づいて来て、

「ご案内申し上げます」

と声をかけ、一歩先に立った。

賑《にぎ》わう声がするのは山谷堀の船宿からだろう。今戸橋にさしかかると、嬌声はすぐ近くに聞こえた。

今戸町に入った。瓦焼の者が多く、焼き物の積まれた黒い影が所々に見える。

男の足の運びは町人のものとは思えない。一見隙だらけの背中だが、決してそうではない。男の正体が気になり、声をかけようとしたとき、男が振り返った。

「あそこでございます」

男の指さした先の暗がりに寮が見えた。

男は木戸を入り、庭にまわるように言った。

「戸が開いております。そこから上がりくださいとのことです」

錦吾が草いきれのする庭に足を踏み入れたときには男は消えていた。

明かりが微かに庭先に漏れている。不安を覚えたが、小紫恋しさの気持ちに勝てず、錦吾は廊下に上がった。

静かだ。そこの座敷の行灯に灯が入っていたが、ひとの気配はなかった。用心深く奥へ進む。

「小紫」

小さく呼んでみたが、返事はない。

廊下に出たとき、血の臭いを嗅ぎ、はっと身構えた。障子を開けたとたん、不快な空気が流れてきた。

行灯の明かりの中に惨殺された女が浮かび上がった。

「小紫」

錦吾は駆け寄って女を抱き起こした。

「違う」

覚えず叫ぶ。若い女だが、小紫ではなかった。

奥に行くと、さらに年配の男が倒れていた。額が割れている。

なぜだ。錦吾は落ち着きを失った。障子を押し倒し、転げ出るように外に飛び出し、草履を履いて駆けだした。

いくらも歩かないうちにひととぶつかった。近くに住む者のようだ。それもひとりやふたりではない。なぜ、大勢が出て来ているのか。

向きを変え、錦吾は走った。通行人が不審そうに錦吾を見た。

どこをどうやって走って来たのか、まったく覚えていない。気がついたとき、道場の前に辿りついていた。

庭に入って、井戸で血のついた手を洗う。はめられたのだ。さっきの男が俺を罠にかけやがった。

なぜ、俺にそんな真似をするのか。殺されていたのは誰だ。それより、小紫はどこにいるのか。

部屋に入り、ふとんに倒れ込んだ。が、悶々とし寝つけず、何度も寝返りを打った。

しばらくして、外が騒がしいことに気づいた。

「錦吾さま」

戸の外で、楓の声がした。

急いで、戸を開けた。楓が強張った顔で立っていた。

「今、お役人が来ています。父に、錦吾さまを出すようにと」

「なに、役人が――」

早い、早すぎる。

お膳立てが出来ていたのだと、錦吾は己の迂闊《うかつ》な行動に地団駄を踏んだ。

「すぐ出て行きます」

「錦吾さま。いったい何があったのでございますか」

「はめられたようです」

錦吾は衣服を整えて、道場の玄関に向かった。

「錦吾」

師が立っていた。

「錦吾、何をやった？」

「何もやってはおりません」

「外で役人が待っている」

「私ははめられました。今戸の井口屋の寮に行ったところ、死体が転がっておりました」

「井口屋だと。違う。同心の話では渡海屋《とかい》の寮におぬしが押し入って札差渡海屋と妾《めかけ》のふたりを斬り殺したと言っている」

「渡海屋――」

錦吾は茫然と呟いた。

第三章　心中立て

一

翌朝、出仕した剣一郎は野田喜十郎の最期の様子を胸の締めつけられる思いで聞いた。浅井又兵衛の話では、野田喜十郎は達観した様子で、牢屋同心たちにも丁寧に別れを告げていたという。

剣一郎によしなにというのが最期の言葉だったらしい。おかげで人間らしく死んでいける。そう語っていたというが、剣一郎はそれが野田喜十郎の本心であったかどうかは疑問だと思った。ほんとうはもっと生きていたかったのではないか。だが、今の世がそれを許さなかったのだ。武士として生まれ、武士としてしか生きる術のない者の悲劇か。それに、浪人となった野田喜十郎の最期が武士らしい切腹ではなく、打ち首だったのがどんなに口惜《くや》しかったことか。

「じつは喜十郎から青柳どのへ手紙を預かってきた」

「手紙？」

それを受け取ったが、剣一郎はすぐに読む気力はなかった。

年番所の部屋を出ようとしたとき、たまたま吟味方から当番方にまわって来た入牢証文をちらりと見て、剣一郎はあっと短く叫んだ。

「青柳さま、何か」

入牢証文を手にしていた若い与力が驚いて剣一郎を見た。

「その入牢証文をちと見せてくれぬか」

剣一郎は駿河《するが》半紙の証文を手にとった。押し込み容疑にて召捕り来り候、と認《したた》めてある。同心は植村京之進である。

剣一郎の証文を持つ手が微かに震えた。容疑者の名は鵜飼錦吾とあった。

鵜飼錦吾は今、大番屋に捕縛されているのだ。この入牢証文によって、鵜飼錦吾は大番屋から小伝馬町の牢屋敷送りになる。

剣一郎は例繰方の部屋に戻ってもまだ心臓の高鳴りが治まらなかった。いったい、鵜飼錦吾に何があったのか。

それから四半刻後、剣一郎は吟味掛かりの部屋に行き、鵜飼錦吾の入牢証文を出した橋《はし》尾左門《おさもん》の手透きを狙って訊ねた。

「旗本鵜飼家の部屋住み鵜飼錦吾のことについてお尋ねしたいのだが」

いかつい顔の橋尾左門が振り向いた。

「青柳どのは鵜飼錦吾なる者をご存じなのか」

威厳に満ちた声に、内心では何を気取ってやがると思いながら、

「いえ、一度会った切りです」

と、答えた。

「うむ。で、何を?」

「どのような容疑なのか承りたいのだ」

じろりと剣一郎を睨み、

「昨夜五つ頃、今戸にある渡海屋の寮に押し込み、渡海屋の亭主と妾を惨殺し、金を盗んだところをつけていた同心の植村京之進が取り押さえたのでござる」

「つけていたとは、鵜飼錦吾のあとを植村京之進がつけていたというのか」

「さよう」

「なぜ、つけていたのであろう」

「そこまではわかり申さぬ。ただ、本人は認めていないが、犯行は明らかであり、寄宿している道場の長屋に逃げ込んだところを捕縛したという。よろしいかな」

厳しい顔で、橋尾左門は机に向かった。

橋尾左門は幼なじみで、役宅も近い。それなのに、役所に行くと、吟味方与力の顔を崩さないのだからやりにくい。

念のために同心詰所に顔を出したが、植村京之進の姿はなかった。

その後、例繰方として吟味方からまわってきた口書をもとに、過去の事例を調べて書類にまとめあげ、定刻に役所を出た。結局、植村京之進には会えなかった。

帰宅すると、多恵は鵜飼錦吾の件を知っていた。

「今夜、植村さまをお呼びしています」

多恵はなんでもないように言った。剣一郎の心の中を読んだように手回しがよかった。

植村京之進がやって来たのは夜遅くなってからだった。どんなに遅くてもいいから来るようにと、多恵は植村の妻女に言っておいたらしい。

植村京之進は興奮を抑えているのがわかった。渡海屋主人と妾殺しの犯人を捕まえた手柄は京之進にあるのだ。

多恵が酒肴の膳を運んで来た。

「まずはめでたい。お手柄だった」

剣一郎は杯を目の高さに掲げた。

「ありがとうございます」

「ところで、よく鵜飼錦吾が渡海屋の寮を襲うことがわかったな」

一番知りたいことだが、さりげなくきいた。

「鵜飼錦吾の身辺を見張らせておりましたので」

「じゃあ、京之進さまも鵜飼錦吾をつけていたのでございますか」

行きかけた多恵が襖の前で振り返って腰を下ろした。

「いえ。私は浅草六軒町の自身番におりました」

「じゃあ、先回りをしていたということですか。まあ、なんと勘のよいこと」

多恵は感嘆したように声を張り上げて、部屋を出て行った。

京之進は居心地悪そうに身を縮《ちぢ》めていたので、剣一郎は鋭くきいた。

「京之進。正直に申してみろ」

はっとして、京之進は顔を上げた。

「おめえが浅草六軒町の自身番にいたのはどういう理由からだ。あまりにも出来過ぎている」

剣一郎の追及に、京之進は額に汗を滲ませた。

「どうしたえ」

剣一郎は穏やかにきいた。

「いえ、それが」

京之進は言いよどむ。

「じつは、吉蔵《よしぞう》という遊び人ふうの男が岡っ引きの富三《とみぞう》に待乳山の聖天さまの付近で権助に似た男を見たと話したのでございます」

「吉蔵という男だと」

「はい。それでその付近を探索していたのです。たまたま浅草六軒《ろっけん》町の自身番で休んでいたときに、あの騒ぎに出くわしたのです。すぐ渡海屋方面に駆けつけると、途中で運良く鵜飼錦吾とすれ違いました。そのときは何が起こったのかわかりませんでしたので、鵜飼錦吾を無視して渡海屋の寮に行き、死体を見つけたのです」

「なるほど」

そう言ったものの、何となく腑に落ちないものがあった。

「で、権助はどうした？」

「結局、わかりませんでした」

「吉蔵という男はどんな感じだ？」

「はい。長身のやせ型で、頬がこけて目つきの鋭い男でした」

久米吉に似ていると思った。

大和屋が殺された現場にいたことや、権助を誘《おび》き出したことといい、やはり久米吉は敵方の人間なのだ。

多恵が新しい銚子を運んで来た。

「さあ、どうぞ」

京之進に酒を勧め、

「権助と久米吉の行方はわからないのですね」

と、多恵がきいた。

「まだ、わかりません」

「もう、久米吉は姿を現さないかもしれませんね」

そう言い、空《あ》いた銚子を持って、多恵は引き下がった。

京之進は腕組みをして考え込んでしまったので、剣一郎は言葉の接ぎ穂を失い、手持ち無沙汰になった。

焦《じ》れてきて、

「おい、京之進」

と、剣一郎はちょっと不機嫌な声を出した。

「は、はい」

京之進は弾かれたように顔を上げた。

「渡海屋の傷はどうだった?」

「はい、渡海屋と妾の両名とも一刀のもとに斬り捨てられていました。大和屋を殺《や》った者と同じです」

「大和屋を殺った者は鵜飼錦吾ではない可能性が強くなったんだ。だとすると、渡海屋殺しも錦吾ではないということになる」

庭に目をやると、月明かりがつつじを仄《ほの》かに浮かび上がらせている。

剣一郎の前に現れたのは権助で、京之進の前に現れたのは久米吉だ。多恵の言うように、二度と久米吉は姿を現すことはないだろう。

「鵜飼錦吾は容疑に対してどう答えているのだ？」

「何も語ろうとしません」

「錦吾の周辺に吉蔵らしき男はいたのか」

「いえ、まだ見つかっておりません」

「遊女の小紫のことは口にしたか」

「小紫？　いえ」

なぜだ、と剣一郎は訝《いぶか》った。

「青柳さま。すっかり長居をしてしまいました。そろそろお暇《いとま》を」

「うむ」

もう京之進に確認することはないか考えたが思い浮かばなかった。

その後、どういう挨拶をして京之進が帰ったのか記憶にない。剣一郎は同じ場所に座ったまま、鵜飼錦吾の窮地を考えた。

本人は否認しているらしいが、状況は鵜飼錦吾に厳しい。このままでは罪は免《まぬが》れまい。罪状は死罪に相当する。

これから吟味与力の取り調べに少なくとも三日はかかろう。それから奉行の取り調べ、その後に例繰方が過去の事例を調べて罪状を決め、老中の裁可を得るまで数日。最短で、七日。

剣一郎は縋《すが》るように多恵の顔を見つめた。

二日後、剣一郎は落ち着かなかった。きょうはじめて鵜飼錦吾に対する吟味が行われるのだ。そのために、錦吾は小伝馬町から奉行所に連れてこられていた。

旗本の犯罪の取り調べは三手掛裁判といって、大目付、町奉行、お目付の立ち会いで評定所で行われるが、部屋住みの場合は奉行所で行われる。ところが、鵜飼錦吾は勘当の身であり、取り調べに当たっては対応に迷ったが、浪人扱いとなった。

錦吾が何と申し開きをするか、剣一郎は気になった。吟味与力は橋尾左門。幼なじみだが、融通のきかない男だ。奉行所できいても教えてくれるはずもない。

吟味は昼過ぎに始まる。吟味の時間に奉行所内にいるのも落ち着かず、昼過ぎに剣一郎は市中廻りに出るという口実で風烈廻り掛かりの同心といっしょに町に出た。

が、神田から上野に差しかかったところで別れ、ひとり大和屋に向かった。

先代の跡を継いだ孝之助改めて二代目庄左衛門の手腕によってますます大和屋は繁盛しているかと思いきや、店になんとなく活気が感じられない。まるで、まだ喪に服しているかのようだ。

客間に通され、大和屋と対座した。

「鵜飼錦吾が捕まった。聞いておるか」

いきなり切り出した。

「はい。まさか、渡海屋さんまで手にかけるとは――」

大和屋は厳しい顔で答えた。

「そこで、ちょっとききたいのだ」

「はい、どんなことでしょうか」

「鵜飼錦吾は先代を辻斬りで殺し、今度は渡海屋の妾宅に強盗で押し入ったということになる。なぜ、辻斬りを働いた者が今度は辻斬りではなく押し込みを働いたのか。どうも、この辺りがわからん。それに」

剣一郎は疑問を続けた。

「それに、鵜飼錦吾には仲間がいたはずなのだ。渡海屋を襲ったのは錦吾ひとりのようだ。この点が解《げ》せねえ」

「青柳さまが鵜飼錦吾は無実だと仰るんで?」

「鵜飼錦吾の犯行にしては謎が多いということだ」

「ですが、同心の植村さまが現場から逃げ去る鵜飼錦吾を見ていたとお聞きしましたが」

「そうだ。だが、植村京之進は何者かに今戸に誘《おび》き出されているんだ。まるで、鵜飼錦吾の姿を見つけさせるように」

「えっ？」

「京之進を誘き出すのに久米吉らしき男が介在している。先代殺しの現場にも久米吉がいた。どうもこの男がうろちょろしているのが気になる」

「すると、どういうことになるのでしょうか」

大和屋が生唾を呑み込んだ。

「まだわからねえが、ひょっとしたら鵜飼錦吾は罠にはめられたのかもしれない」

「罠ですと」

大和屋が意外そうな声を出した。

「しかし、罠だとしても、どうして鵜飼錦吾はのこのこと渡海屋の寮まで出向いたのでしょうか」

「そこだ。鵜飼錦吾には小紫という女がいる。その小紫が行方不明になっている。罠を仕掛けた者がその小紫の行方をえさに誘き出したと考えられる」

大和屋は小さく唸《うな》った。

「そこで、もう一度きくが、先代が他人からほんとうに恨《うら》みを買うようなことはなかったか、もう一度よく考えてみてくれないか」

剣一郎はさらに、

「他人から恨みを買うばかりではない。他に、先代の存在を邪魔に思っていた人間がいないか、よく考えてくれ」

大和屋は困惑げに、

「前にも申し上げましたが、先代は決して他人から恨まれるような人間ではありません。また、先代を邪魔だと思っている人間もおりません」

「うむ。ところで、おぬしは札差の渡海屋を知っておるか」

「ええ、それは存じ上げております。それが？」

「当然、先代も知っていたのだな」

「はい」

剣一郎は腕組みをして考え込んだ。

「わからぬ。なぜ、鵜飼錦吾を狙ったのか。なぜ、先代が殺されねばならなかったのか」

「青柳さま。鵜飼錦吾がはめられたと考えておられるのは青柳さまおひとり？」

「そういうことだ」

その後、しばらく話を続けたが、手がかりは得られなかった。

帰りがけ、店を外から眺めたが、やはり活気がないように思える。暖簾を見て、そう感じる理由に気がついた。暖簾に汚れが目立つ。そういう目で見ると、門から入口まで続く踏み石も泥まみれで、庭も手入れが行き届いていないようだ。

なぜだろうかと剣一郎は不思議だった。先代が生きているときは、門も敷石もいつも磨かれたように光っていた。

大和屋を出てから、剣一郎は日本橋川の一石橋から日本橋の間にある西河岸町に向かい、そこの自身番で風烈廻りの同心たちと落ち合い、奉行所に戻った。

奉行所の玄関に上がるとき、ふいに「そんなことをしていたのでは出世はおぼつきませんよ」という多恵の母親の声が聞こえたような気がして、剣一郎は覚えず辺りを見回していた。

夕方、帰宅すると、多恵が出迎えたが、すぐ奥に引っ込んだ。るいにきくと、小間物屋の文七《ぶんしち》が来ているという。

文七はここ一ヶ月ほど前から出入りするようになった小間物屋で、多恵がたいそう引き立ててやっている。

鼈甲《べっこう》の笄《こうがい》を買ったばかりではないかと文句を言う気にもなれない。奥の座敷に行くと、反物が置いてあった。

「それでは失礼します」

文七の声が聞こえた。

すぐに多恵がやって来た。

「これは？」

反物を指差してきく。

「加賀屋さんからの頂きものです」

事も無げに、多恵が答えた。

野田喜十郎が押し入った油問屋だ。そこの主人が挨拶に来たようだ。自分の娘を囲碁で賭けたために事件が起こったということが表沙汰にならずに済んだこととの謝礼なのだろう。それにしても、なぜ、反物なのか。多恵がそれとなく匂わせたのかもしれない。

「そんなものをもらう謂われはない」

珍しく、剣一郎は声を荒らげた。

が、多恵はにこりとして、

「るいに夏物をあつらえてやりたいですからね」

と、何気なく言った。

子供たちのためだと言われると、剣一郎は何も言えなくなる。

夕飯をとり終えたあと、剣一郎は徳利を持って吟味方与力橋尾左門の屋敷に行った。

「剣一郎からやって来るとは珍しいな」

座敷に通されて腰を下ろすなり、橋尾左門は笑いかけた。まったく役所とは全然態度が違う。

「たまには、おまえの顔を見て呑みたくなったのさ。さあ、いこう」

持参した徳利を掲げ、剣一郎は陽気に言った。

「よし」

左門も相好を崩し、妻女に向かって膳の支度を命じた。

盃で呑んでいたが、

「盃じゃ足りぬわ」

と言い、左門は茶碗に代えた。

「そうこなくてはな」

剣一郎は茶碗に酒を注いだ。

「奉行所には相変わらず付け届けがくる。俺たちのとこにもな」

いきなり言い出したので、左門は不思議そうな顔をした。

「これはようするに賄賂《まいない》と同じではないのか。こういう風潮をどう思う?」

「どうって──」

左門は戸惑いぎみになった。

「おかしいとは思わぬか」

剣一郎は幼なじみの左門だから正直に言った。

「そうだな」

「そうだなではない。おかしいと思うだろう。これでは金持ちだけが得をする」

「しかし、そのおかげで俺たちの暮らしも成り立っているからな。おぬしだってそうだろう。役料だけではやっていけぬ。そうなったら、俺たちだって高利貸しの世話にならなければならん」

剣一郎も言葉に詰まった。

「おぬし、疲れているのではないのか」

左門が真顔できいた。

「いたって元気だ。まともだ。だから、悩んでおる」

「そんなことで悩んでもどうにもならん。もっとえらくなってから考えるんだな。さあ、呑め」

確かに、自分ひとりで悶々としても仕方がない。

「俺なんか、おまえと違って出世は無理だ」

「何を言うか。おまえはいずれ年番方に就くと皆思っている」

「俺はだめだ。それに、俺は長谷川どのから嫌われているからな」

「なんの、嫌われているのはおぬしだけではない。あの御仁は奉行の譜代の家来だということを鼻にかけているのさ。年番方の宇野さまさえ抑えておけばいいと思っている。いいやな野郎さ」

　左門は役所ではおよそ口にも顔にも出さないことを平然と言った。

「それにしても長谷川さまはどうして俺にはきついんだろうな」

「焼き餅だろう」

「焼き餅？」

「そうさ。おぬしは青痣与力などと呼ばれて皆から尊敬を集めている。そのことが気に食わぬのであろう」

「俺は別に尊敬などされちゃいないよ」

「俺もどうしておまえが皆に慕われるのかわからん」

　左門は真顔で言った。

「ようするに、その疵だな。その疵がおまえを必要以上に大きくしている。それと、奥方だ。多恵どのの内助の功。この二つがなかったら、おぬしなど単なる木《こ》っ端《ぱ》役人だ」

　幼なじみだから遠慮がない。

「そうかもしれんな」

　剣一郎は素直に頷いた。

「それだよ。おぬしが皆に好かれるのはそこだ」

　左門は顔をしかめて続けた。

「ようするに素直なんだ。ひとがいいのだ。目下の者や身分の低い者にも対等に接し、上にはおもねない。決して他人の悪口を言わない。己《おのれ》の自慢をしない。だから、ひとはおぬしといっしょにいると心安らぐのだ」

「だったら長谷川さまに睨《にら》まれることもなかろう」

「あの御仁は特別さ。ただ、おぬしの欠点はひとが良過ぎることだ」

そこで左門は口調を改めた。

「鵜飼錦吾のことにしてもそうだ。おぬしが鵜飼錦吾のことに興味を持っているのは知っているが、よけいな口出しはしないでもらいたい」

左門は急に厳しい顔になって言った。まるで、今夜の来訪の真意を見抜いていたぞと言わんばかりであった。

「別に口出しをするつもりはない」

剣一郎は平然と言い、

「ただ、誤った詮議をせぬように注意したいだけだ」

左門は露骨に顔をしかめ、

「それがよけいなお節介と言うのだ」

「まあ、そんな堅苦しいことは言わずに、吟味の内容を教えてくれ」

「図々しい奴だ」

左門の苦笑に、剣一郎は安心して、

「鵜飼錦吾の態度はどうだった?」

「まったく抗弁もいたさぬ」

「なんと」

剣一郎は恐れていた想像が当たったという衝撃を受けた。

「罪を認めたと言うのか」

「自らは答えないが、こちらの言うことを素直に認める。たとえば」

と、左門は続けた。

「大和屋を襲った件について、その夜どこにいたのかという問いかけに何も答えないのだ。そこで、大和屋をやったのはそなたかという問いに、そのとおりですと答えた」

「違う。あの者は自らを罰しようとしている」

「なぜ、そんな真似《まね》をするのだ」

「わからん。だが、あの者は死を望んでいるのだ」

剣一郎は声を高めて、

「左門は鵜飼錦吾の仕業だと思うのか」

「本人も否認はせず、状況証拠も揃っている。まずは間違いないだろう」

左門は落ち着きはらって言う。

「そこだ」

剣一郎が膝を進めると、左門は手で制して、

「よいか、剣一郎。俺は定町廻りの植村京之進の報告書をもとに事件の下調べをしているのだ」

「だから、京之進の調べにも疎漏《そろう》があると申すのだ」

「口が過ぎるぞ、剣一郎。京之進はよくやっておる」

「そいつはわかっている。だが、うまくはめられたのだ」

「その証拠はどこにある。誰が何のために錦吾をはめたと言うのか」

「それは――」

剣一郎は詰まった。

左門は冷やかに見つめ、

「すべて鵜飼錦吾の仕業で説明がつくのだ」

「あと、何度で吟味が終わる？」

「錦吾は容疑を否定しない。こんな楽な吟味は珍しい」

「次の吟味はいつだ？」

じろりと、左門は睨んだ。が、よけいなことは言わずに、

「二日後だ」

と、ぽつりと言った。

二

二日後、二度目の吟味方与力の取り調べのために小伝馬町の牢屋敷から鵜飼錦吾が奉行所に連れて来られた。

鵜飼錦吾は奉行所内の仮牢に入って詮議のはじまりを待っていた。

剣一郎はこっそり仮牢に行った。錦吾が壁を背に、あぐらをかき瞑想《めいそう》するように目を閉じていた。

「鵜飼どの」

呼びかけると、錦吾が目を開いた。

「おぬしは？」

「お忘れか。青柳剣一郎でござる。この頬の疵に見覚えがござろう」

錦吾の目が鈍く光った。

「どうしてここに？　あっ、ではおぬしは——」

「隠していて申し訳なかった。私は与力です。鵜飼どのがあんな真似をしたとは信じられぬ。どうなのですか」

「おぬしは俺のことを信じてくれるのか」

「もちろん。信じています。あなたは何者かにはめられたのだ。何か心当たりがありますか」

「いや」

気のない返事だ。

「よく考えていただきたい」

「もういいのだ」

「何がいいものか。今の苦境から助かりたいとは思わないのか。なぜ、小紫との逢瀬のことを言わないのですか」

「無駄だ」

「小紫に会いたいと思わないのか」

剣一郎は叱咤する。

「たぶん、もう小紫は生きてはいまい」

「生きていない？」

「たぶん、俺をはめた人間は小紫に俺が捕まったことを話していることだろう。それを知って、小紫は自害するはずだ」

「まだ死んだと決まったわけじゃない。しっかりするんだ」

剣一郎は錦吾の心に冷え冷えとした空気が流れ込んでいるのがわかった。

「小紫はまだ生きている。私が小紫に会ってくる。だから、無実の申し開きをするんだ」

剣一郎は夢中で訴えた。

「無駄だ。小紫のことは俺が一番よく知っている」

「だからと言って、諦めるのは早い」

錦吾は力なく首を横に振る。

「大和屋とは何かあったのか」

剣一郎は時間を気にしながらきく。

「何もない」

「じゃあ、渡海屋は？」

「知らぬ」

「渡海屋が小紫の馴染みということはないのか」

「いや、小紫からは大和屋と渡海屋の名さえ聞いたことはない」

背後に呼び出しの同心が近づいて来た。

「鵜飼どの。諦めちゃだめだ」

そう言い、剣一郎は仮牢から離れた。

鵜飼錦吾と会い、ますます無実であるという思いを強くした。権助を狙い、さらに剣一郎を襲ったのは錦吾を罠にはめようと画策した連中だ。いったい、この連中の目的は何なのか。

剣一郎は上司の宇野清左衛門に熱があると早引けを申し立て奉行所を退出した。若党の勘助が心配そうだったが、剣一郎は何も言わずに帰途についた。

早引けしてきた剣一郎に多恵が驚いた顔をしたのは一瞬で、出かけてくると言うと、何も言わずに支度を手伝った。

門の外で勘助が待っていた。

「きょうはごいっしょさせてください」

いつになく強い意志のこもった目で訴えた。

腕の包帯が痛々しかったが、剣一郎は黙って頷いた。


半刻後に剣一郎は吉原大門の面番所に顔を出し、そこにいた岡っ引きに案内させて、大里屋の内所に入った。

大里屋の亭主は顔の肌艶《はだつや》のよい五十絡みの男だ。が、細い目の奥から妙に鈍い光が放たれている。ひとを値踏みしているのか。

「こちらにいる小紫に会いたい」

「小紫は今、病気療養中でございます」

「知っている。どこで療養しているんだえ。ぜひ、会いたいのだ。いや、なんとしてでも会わねばならぬのだ」

剣一郎は詰め寄るように言った。

「さようでございますか。じつは小紫は私どもの三ノ輪の寮で養生をしておりましたが、ある方の世話で根岸《ねぎし》にある医者の所に移りました。そこは冬仙《とうせん》という腕のいいお医者さまがお住まいでございます」

案外とあっさり打ち明けたのが意外だった。

「根岸の冬仙か。いったい世話をしたのは誰なんだね」

「言わねばなりませぬか」

「出来れば聞かしていただきたい」

「吉見屋忠兵衛《よしみやちゆうべえ》という御方でございます」

「吉見屋忠兵衛？」

聞かぬ名だった。

「どういう人物だ？」

「高利貸しだそうでございます」

「つまり、その忠兵衛という男が小紫を身請けしたと言うのか」

「さようでございます」

「しかし、中じゃそんな話は出ていないのではないか」

「小紫はまだ病気療養中の身ですから」

「なるほど。小紫はもう稼ぎにはならないと悟り、あわてて吉見屋忠兵衛の身請け話に乗ったというわけか」

「こちらも商売でございますから、商売道具が病気では値がつきませぬ。病気の女に金を出す奇特な方もいらっしゃったものです。ただ正式な身請けは病気の快復後ということになりましょう」

「吉見屋忠兵衛は小紫の馴染みか」

「いえ」

「違う？」

「はい」

「なのに、どうして身請けしようとしたのだ？」

「さあ、そこまではわかりません。私どもはどっちが得かで判断しますので」

吉見屋忠兵衛はどこで小紫に目をつけたのか。そして、なぜ身請けをしようとするのか。

「ところで、他にも小紫を身請けしようとした御仁がいたのではないか。その者の名を教えてはもらえぬか」

「それはご勘弁ください。その方にとっては小紫に振られたも同然。名を明かすわけにはいきません」

「なるほど。道理だ」

剣一郎は質問を変えた。

「三ノ輪の寮に鵜飼錦吾という侍が忍び入っていたことに気づいていたか」

「薄々は。鵜飼錦吾さまは小紫の間夫と申しましょうか、そういう間柄ではありましたので、その可能性はあるかと」

「根岸に移したのは病気療養だけでなく、鵜飼錦吾から引き離す意味合いもあったのだな。違うか」

「恐れ入ります」

外に出ると、若党の勘助が格子の中を覗いていた。剣一郎の姿を見て、あわてて近づいて来た。

大門を出てから日本堤を三ノ輪に出て、根岸に向かった。右手の田圃が広がり、鳶《とび》が舞っている。陽がときたま雲間から強い光を射してくるが、風が出て来て雲の流れが早くなった。天気が変わるのかもしれない。

教わった冬仙の家についた。医者なので立派な家を想像していたが、農家の離れとでもいうような粗末な家であった。

「おたのみ申します」

勘助が土間に入って行って声をかけた。

すぐ若い女が顔を出した。

「冬仙先生にお会いしたいのですが」

その声が聞こえたのか、奥から煤汚れた十徳姿の老人が出て来た。

目をしょぼつかせて、剣一郎を見る。

「冬仙先生ですか。こちらに、大里屋の小紫という女が厄介になっていると聞いて参りました。会わせていただけますか」

「おりませぬ」

「いない？　大里屋の主人からこちらにいると聞いてきたのだ」

剣一郎が冬仙の皺の浮かんだ顔を見た。

「一晩ここにいて、すぐ翌日には吉見屋忠兵衛という方から迎えの駕籠が来て出て行かれました」

「出て行った？」

剣一郎は耳を疑った。

「吉見屋忠兵衛の迎えだったのですか」

「そうです」

冬仙は頑固そうに顔をしかめたが、嘘をついているようには思えなかった。

「どこに行ったのか、わかりますか」

「いえ」

吉見屋忠兵衛は小紫をどこに連れて行ったのか。

「小紫の容体はどうなのですか」

「あれは仮病だ。だが、食事をとらぬため、衰弱がかなり進んでいる」

三ノ輪の寮番夫婦が言っていたとおりだ。

「小紫を乗せた駕籠は町駕籠でしたか」

それまで黙って聞いていた若い女が、

「確か、下谷龍泉寺《りゅうせんじ》町にある駕籠松の提灯を下げていたようです」

と、口をはさんだ。

小紫を運んだ駕籠屋がわかれば行方を探すのはたやすい、と剣一郎は満足した。礼を言い、冬仙の家を辞去してから、剣一郎は来た道を戻った。下谷龍泉寺町は帰り道だ。

吉見屋忠兵衛は小紫を冬仙に見せて仮病であることがわかったので、改めてどこかへ連れて行ったものと思える。しかし、今度こそ小紫の行方は摑める。そう思うと、自然と軽やかな足取りになった。

三

暮れなずむ頃でまだ明るい。雷門を入り、腰掛け茶屋の並んでいる前を過ぎて、本堂の脇を抜けると、芝居小屋があった。多恵がひいきにしている小間物屋の文七はさらに奥へ向かった。

間口二間ぐらいの楊弓場が並んでいて、矢場女が客引きをしている。文七は迷わず『柳本』という屋号の楊弓場の土間に入って行った。

「文七さん、いらっしゃい」

すっかり顔なじみになった看板女のおけいが笑顔で迎えた。うりざね顔で、流し目が色っぽい。この数日間、毎日通い詰め、やっとおけいの信頼を勝ち得た。

土間を上がった畳敷きにあぐらをかくと、おけいが矢箱を持って来て隣に座った。

「まだ、権助は顔を出さねえのか」

矢をつがえながら、文七はきいた。板間の向こうに金紙の的がある。

「どうして、そんなに権助さんのことを気にするのさ」

「あれ、言っていなかったっけ。俺は権助にここを教えてもらったんだぜ。いい女がいるって。ほんとうだったぜ」

「あら、そうかえ」

おけいは相好を崩した。

「ここで落ち合う約束をしてから何日も経つのに、権助は現れねえ」

「そういえば、ちょっと前まで権助さんのことで御用聞きが来ていたのよ」

おけいが声をひそめて言った。

「岡っ引きが何の用で？」

権助と久米吉の行方を探ってのことだと知っていたが、文七はとぼけてきいた。

「久米吉さんのこともきいていたわ」

おけいがここまで話してくれるまで何度通ったことか。文七は内心の興奮を隠して、つとめて気のないふうを装った。

「そうそう、権助から久米吉って名前を聞いたことがあるな。久米吉もおけいさん目当てだったのかえ」

「しつこい男だったわ。すぐ尻を触ったり」

「おいおい、そんなこと言われちゃ、俺も触れねえじゃねえか」

「あら、文七さんならいいわ」

おけいが流し目をくれた。

「その久米吉っていうのは何者なんだい」

「知らないわ。自分のことは何も言わないから。だから岡っ引きにもそう答えるしかなかったもの」

「そりゃそうだな」

やはり、ここで久米吉の手がかりを得るのは無理のようだ。岡っ引きでも掴めなかったのだ。どうやら、この線はここで打ち切りしかないか、と文七が無念の思いで弓を射ると、飛んで行った矢が見事に的のまん真ん中に当たった。おけいが太鼓を叩いた。

おけいが次の矢を寄越してから、

「そうだ。あそこにいる男。あの男も権助さんとよくここで顔を合わせていたわ」

壁際で矢場女にちょっかいをかけている髭面《ひげづら》の男がいた。

文七が矢をすべて射り終えてから、矢場女の尻をなでている男に近寄った。

「兄い、ちといいですかえ」

「なんでえ」

いかつい顔の男がうるさそうに顔をしかめた。

「兄いは権助と親しかったそうだね」

「うるせえ。あっちへ行っていろってんだ」

男が弦を放つと、矢は飛んで行ったが、的を大きく外れた。

「ちっ」

すかさず矢を受け取り、弓につがえた。狙い定めて矢を放った。が、今度も矢はそれた。男は文七に八つ当たりした。

「てめえが気を散らすからだ」

文七は懐から二朱銀を出し、

「権助のことでちとききたいことがあるんだ。邪魔なら、仕方ねえ」

と言い、懐に戻した。一両が四分、一分が四朱だ。

「待てよ。それならそうと言ってくれりゃいいんだ。権助のことで何が知りてえんだ？」

再び懐から二朱銀を出して、男の手に握らせて、

「ほんとうは久米吉って男のことを知りたいんだ。兄いも久米吉に会ったことはあるんだろう」

「久米吉って、あの不気味な野郎だな」

「不気味ってのは」

「まともじゃねえってことよ。あいつの目ときたら、冷たくてまるで匕首《あいくち》を突きつけられたような凄味があった」

男は口許を歪めて、

「権助だって別にその男と親しかったわけじゃねえぜ。たまたまここで何度か顔を合わしたってぐれえだ」

「そいつはここによくやって来ていたそうじゃねえか」

「そうさな。よく会ったな」

「最近は権助も久米吉もここには顔を出していないんだ。どうしてかわかるかね」

「わかるわけねえだろう」

男は冷笑した。

「久米吉は、あそこにいるおけいに夢中だったようじゃねえか」

「ああ。だが、相手にされていなかったぜ」

「脈がないのに、懲《こ》りずにやって来ていたってわけか」

「まあ、暇《ひま》潰しもあるような感じだったぜ」

「暇潰し？」

「野郎、この近くで働いていたんじゃねえのか」

「この近くだと？」

男は何かを思い出したような顔をした。

「なにか」

「別に」

文七はさらに二朱銀を出し、男の目の前でちらつかせた。

「何でもないのかね」

男はちっと舌打ちをし、

「今、思い出したよ。最近、あいつを見かけたことがある」

と、意地汚そうに言った。

「どこで、だ？」

「柳橋だ」

「柳橋？」

「船宿のほうに向かって行った。野郎、猪牙《ちょき》で中へ遊びに行きやがったんだ」

「間違いねえのか」

「ああ、間違えねえ。あれは確かに久米吉だった」

「いつだ？」

「そうよな、三日ぐれえ前かな」

「なんという船宿に入って行ったかわからねえか」

文七は二朱銀を渡してきいた。

「『川田家《かわだ》』だったぜ」

「それから久米吉って男には不気味な目つき以外に何か特徴はなかったかね。たとえば、黒子《ほくろ》とか」

権助に黒子があったということから連想したのだ。

「そういや、奴の右の二の腕に痣が見えたな」

「痣か、兄い、礼を言うぜ」

文七はさっと離れた。

他の客に愛想を言っていたおけいが文七のほうを見た。軽く手を上げ、文七は店を飛び出して行った。


翌日の昼下がり、文七は小間物の荷を背負って柳橋にやって来た。

神田川からすぐ大川に出る。ここから船を利用するのは何も吉原遊廓へ向かうばかりではない。深川にもここから行く。いや、女郎買いばかりではなく、花見、月見、雪見客など、ここはどこへ行くにも船の利便がいいのだ。それだけ、船宿が多い。屋形船や屋根船それに猪牙舟、さらには釣船、網船もある。

船宿の並びを歩いていると、昼間から酒を呑む客も多く、三味線の音が聞こえて来る。

船宿の中で、『川田家』は西河岸にある比較的大きな船宿だ。大きな店でも船頭は四、五人だ。船頭にきけば、久米吉のことを覚えているかもしれない。

早い時間で、船がもやってある。船頭を探したが、船にはいない。ちょうど、『川田家』から女中らしい年増が出て来たので声をかけた。

「姐さん。すいません。ちょっくらお尋ねしやす」

「商売なら裏にまわっておくれ」

小太りの女中は目を細めて見た。

文七は素早く一朱を女中の手につかませた。とたんに厳しかった女中の表情が緩んだ。

「久米吉からここに来いと言われて来たんですが、ほんとうに久米吉はここに来るんでしょうか」

「久米吉さんですか。はて?」

女中が小首を傾げたので、文七は落胆した。久米吉を知らないのか。ひょっとして、違う名前を名乗っているのかと思い、

「やせ型で、目つきの不気味なほど鋭い男です。右の二の腕に痣がありやす」

「あのひとかしら」

女中は店の者の目を避けるように、橋のほうに少し移動した。

「そのひとは二の腕に痣があるんですね」

女中は文七をねめまわすように見て、

「おまえさん。見かけない顔だけど、御用の筋じゃないようだね。御用の者はもっと険しい目つきをしているものね」

「御用だなんてとんでもねえ。あっしはご覧の通りの小間物屋でございます。久米吉さんから代金をまだもらっちゃいません。その支払いにここで落ち合うように言われたのでご

ざいます」

「あの男が小間物なんか買うかね」

「そりゃ、櫛《くし》、簪《かんざし》を女への贈物にする殿御もおりますが、あのひとは違いますよ。あれですよ」

「あれ？」

「大きな声じゃいえませんが御禁制のものも扱っておりますので」

疑わしそうな目をして、文七の顔をまじまじと見ていたが、

「姐さんだって気に入っていただける代物ですぜ」

と言うと、仄《ほの》かに顔を赤め、

「やだよ」

と、顔をしかめた。

「で、久米吉さんのことですが」

「そう言えば、ここんとこ姿を見せないね。新しい奉公先が決まったのかしらねえ」

女は警戒を解いたように言った。

「新しい奉公先とは？」

「また、どこかの旗本屋敷でしょう」

「久米吉さんは渡り中間《ちゅうげん》」

「元は井筒主水さまの中間だったそうだけど」

「井筒主水……」

「井筒さまの屋敷できけばわかるんじゃないかしら。しょっちゅう井筒家に出入りしているらしいから」

「どうして井筒家に？」

「さあ。もういいでしょう。そろそろ行かないと」

喋り過ぎたと思ったのか、急に女中は厳しい顔つきになった。

「あっ、姐さん」

もう女中は小走りになった。

その後ろ姿を見送って、文七はにんまりした。久米吉が井筒主水の屋敷に奉公に上がっていたということは手がかりだ。

文七は勇んで、八丁堀の青柳剣一郎の役宅に向かった。多恵に報告するためだ。

四

出仕すると、剣一郎は年番方の宇野清左衛門のもとに伺候した。

「宇野さま。また、教えていただきたきことがございます」

「うむ」

宇野はよけいなことは言わない。

「高利貸しで吉見屋忠兵衛という男がおります。ご存じでございましょうか」

「吉見屋忠兵衛とな。はて、聞いたことはないな」

「宇野さまのお耳に入っていないとなれば、それほど大きな商売をやっている者ではないようですね」

「あるいは無許可で貸し付けをしている者かもしれぬな」

無許可にしろ、市井《しせい》で細々と高利貸しを生業《なりわい》にしているのだとしたら、遊女を身請け出来るほどの財力があるとは思えない。

「吉見屋忠兵衛のことは心に止めておこう」

はあ、と辞儀をし、剣一郎は自分の部屋に戻った。

ゆうべ、根岸の冬仙という医者の家に行った帰り、小紫を運んだ駕籠かきを下谷龍泉寺町にある駕籠屋に訪ねたのだ。

町名の起こりとなった龍泉寺の門前近くに駕籠屋があり、根岸まで客を乗せて行ったという駕籠かきに会うことが出来た。

吉見屋忠兵衛が小紫を冬仙のところに連れて行ったのは仮病かどうかを見極めるためであったろう。仮病とわかったので、駕籠に乗せてどこかに移したのだ。

ところが、駕籠かきの答えは妙なものだった。

下谷龍泉町の駕籠屋から根岸の冬仙のところまで駕籠を頼んだのは宗匠頭巾をかぶった男だった。冬仙の家の前で駕籠をおりたが、一刻ほど待つように言われ、祝儀を弾んでくれた。ちょうど一刻後に駕籠のところに戻ったところ、宗匠頭巾の男が待っていて、再び駕籠に乗せて今度は雷門まで送り届けた。

つまり駕籠かきが駕籠から離れていた一刻の間に、小紫はどこかへ移されたのだ。駕籠を担いだのは忠兵衛の仲間であろう。

いずれにしろ、往復で一刻であるから、そう遠くまで行っていないはずだ。あの界隈に小紫はいる。

詮議所で橋尾左門の吟味がはじまった。剣一郎は落ち着かなかった。鵜飼錦吾が正直に話すという気がしないのだ。

前回は渡海屋の近くにある寮の番人が呼ばれたが、今回は大塚道場の同門の弟子が呼ばれているらしい。

吟味が終わったのは半刻後であった。

剣一郎は吟味所から戻って来た橋尾左門に駆け寄った。

「どうであったか」

「うむ。一遍の弁明もなかった。俺の吟味はこれで終わりだ」

「待て。まだ二回ではないか。もう一度」

左門は呆れ返ったように苦笑し、

「おまえはどうかしているぞ。鵜飼錦吾は罪を認めたも同然じゃねえか。これが否認をしておるというのなら、さらに吟味をする必要があるが、そうじゃねえんだ。いい加減にしな」

奉行所であることを忘れ、珍しく左門は伝法《でんぽう》に言った。

「しかし、錦吾の犯行とするには不審な点が多いはずだ。それをそのままにして吟味が成り立つのか」

「確かに、不審な点はある。だが、それは些細《ささい》なことだ。それに、鵜飼錦吾は何の申し開きもしないのだ」

「錦吾は死を覚悟している」

「なぜだ？」

「小紫という遊女とのことで自棄《やけ》になっているからだ」

「その程度のことで死にたいと思うか。死の覚悟は罪の重さからであろう」

「では、なぜ錦吾はあのような犯罪を犯したのか」

「それは言うまでもなかろう。世に立つことの出来ぬ身ゆえ、そのいらだちからだ。士道の乱れが背景にある」

左門は剣一郎の訴えを取り上げようとしなかった。

しかし、このまま行けば次回奉行立ち会いの吟味が行われ、あとは裁きを待つのみとなる。

「なんとかならぬか。あと一度」

「おぬしもばかな男だ。それほど言うなら、明後日もう一度詮議しなおそう」

「左門、すまぬ」

剣一郎は頭を下げた。

最後の機会だ。剣一郎は鵜飼錦吾のことを知るために神田佐久間町にある大塚道場に出かけた。

道場から激しい竹刀の触れ合う音がしている。

剣一郎は奥座敷に通され、師範の大塚彦九郎《ひこくろう》の厳しい顔と対座した。

「奉行所の与力がなぜと思われましょうが、まったくの私事で参りました。さよう、鵜飼錦吾どののことでございます」

剣一郎は突然の訪問を説明した。

美しい娘が茶を運んで来た。

「娘の楓でございます」

「かたじけない」

娘が去ったあと、大塚彦九郎が先に口を開いた。

「鵜飼錦吾はばかな真似《まね》をしたものだ」

「いえ。鵜飼錦吾どのは無実です。だが、容疑を認めております。私には、わざと死を選ぼうとしているとしか思えません」

「なんと」

「遊女との死を望んでいるようです。が、なぜそこまで思い込めるのか、私には理解出来ないのです」

「私は錦吾をこの道場の跡継ぎとして考えていた。それなのに、あの者は吉原の女をとったのだ」

「なぜでございましょう」

「その女に惚《ほ》れているからであろう。それも、気持ちがすさんでおるからだ」

「それにしても跡継ぎというからには鵜飼錦吾を高く買っておられたのですね」

「私の見る目が甘かった。吉原に馴染みの遊女がいることは知っていたが、そんなものは一時的なものと思っていたのだが――」

確かに、そこまで遊女に親身になれるものなのか。いくら、惚れているとはいえ、遊女のために生涯の幸福を棄てるだろうか。剣一郎はそこがわからない。

だが、錦吾はそうしたのだ。いや、遊女と楓の間で心が揺れ動いていたに違いない。その苦衷が察せられる。だが、錦吾は小紫をとった。

道場主になることは錦吾の生きざまのなかで潔しとしないものがあったのだろうか。

「鵜飼錦吾がだめならば、この道場の後継者にどなたが?」

「鵜飼錦吾と双璧の者がおる」

「ちなみに、なんというお名前なのでしょうか」

「木崎叉八郎だ。技量的には申し分ないが、激し過ぎる。剣客として鵜飼錦吾に勝るとも劣らぬのだが――」

「木崎叉八郎どのの身分は」

「旗本木崎さまの次男です」

鵜飼錦吾と同じ部屋住みか、と剣一郎は何となく気になった。

「木崎叉八郎どのはきょう参っておりますでしょうか」

「そろそろ参る頃でしょう」

錦吾を陥れて得をする者は木崎叉八郎もそのひとりだ。

しばらく道場で稽古を見ながら叉八郎を待ったがなかなか現れない。

剣一郎は引き上げることにした。

道場の門を出たところで、向こうから防具を抱えた袴姿の若い武士がやって来た。厳しい顔をしている。木崎叉八郎ではないかと思った。

立ち止まり、剣一郎は声をかけた。

「失礼ですが、木崎叉八郎どのか」

「そうだが」

足を止め、叉八郎ははっきりした声で答えた。

剣一郎は身分を名乗ってから、鵜飼錦吾についてききたいと言った。

「八丁堀か」

叉八郎の冷笑には町方与力への蔑みが混じっているようだった。なるほど、こういう点が鵜飼錦吾との違いかもしれないと思った。

「拙者から何を聞き出したいのだ？」

「門前では何ですから」

と、剣一郎は叉八郎を近くの河岸へと誘った。

「早くしてくれないか。門弟に稽古をつけてやらねばならぬのだ」

叉八郎は尊大に言った。

「あなたは鵜飼錦吾があのような事件を起こしたと思われますか」

「拙者にわかるはずない」

「鵜飼錦吾には吉原に馴染みの女がいた。その女と手を切らなければ道場の跡継ぎになれない。そう大塚先生から言われていたそうですね」

「ばかな奴だ、錦吾は」

叉八郎は乱暴に言う。

「しかし、ばかなおかげで、大塚道場はあなたのものになるかもしれない」

「そうだ。鵜飼錦吾があんな真似をして、俺は喜んでいるのさ」

拙者から俺と言い方が変わった。

「鵜飼錦吾は何者かにはめられたのです」

「――」

叉八郎の目が鈍く光った。

「しかし、お詮議に対しても錦吾は申し開きせず、無実の罪を甘んじて受けようとしている」

「ばかな野郎だ」

もう一度吐き捨て、叉八郎は顔を歪め、

「あいつは――。いや、いい」

と、言いかけた言葉を急に止めた。

「もういいだろう」

突き放すように言い、叉八郎は剣一郎の前を離れて行った。

叉八郎の後ろ姿を見つめながら、剣一郎は黒覆面の男のことを考えた。

旗本の次男坊ではよい養子先がなければ一生世に立つことは出来ない。が、大塚道場の後継者として生きる道がある。その競争者である鵜飼錦吾を罠にはめることで、その望みが叶うのだ。

しかし、叉八郎と黒覆面の男では姿形が異なる。別人だ。それに黒覆面の男は一刀流、叉八郎は直心影流。一瞬でも疑ったことを恥じるように、剣一郎は叉八郎の遠去かって行く背中に頭を下げた。

五

翌日の夜、新任の工藤兵助が与力の仲間を日本橋の本町一丁目にある料理茶屋に招待した。

組頭である宇野清左衛門が威厳に満ちた態度で挨拶をし、宴会がはじまった。芸妓も相当入っており、華やかな座である。剣一郎は下座のほうにいたが、宇野清左衛門の近くにいる芸者まつに気づいていた。まつもときおり剣一郎に流し目を送ったので、そのたびに剣一郎はあわてた。

まつの三味線で芸者が踊り、まつが自慢の喉を披露した。それが終わってから、席を離れる者がいて、座がだんだん乱れて来た。

最初のうちは招待主の工藤兵助を立てていたが、酒が進むうちに兵助を小僧と呼び、兵助が一人ひとりに酒を注いでまわると、あからさまに絡む者もいた。やがて、兵助をそっちのけでめいめいに騒ぎ出す。

芸者の三味線に合わせて卑猥《ひわい》な唄を口にする者、言い合いをはじめる者など、嘆かわしい光景だ。

剣一郎は吟味方与力である橋尾左門の膳部の前に腰をおろし、銚子を差し出した。

「さあ、いこう」

「よし、これで」

橋尾左門は吸い物の入った器を空けて差し出した。そこに酒を注ぎながら、

「明日の詮議だが」

と、剣一郎が言うと、左門は眉を寄せた。

「またそのことか」

「遊女の小紫を身請けしたのは吉見屋忠兵衛という高利貸しだそうだ」

「待て」

左門はうんざりした顔で、

「何度も言うようだが、奴は殺しを否定していないんだ」

「否定はしていないが、積極的に認めているわけじゃあるまい。それは、やっていないか

らだ」

「剣一郎、くどいぞ」

左門の顔が紅潮した。

「くどいのは承知だ。いいか、これはおまえのためでもあるんだ。もし、取り違いだったら、おまえだってただではすまんぞ」

下手人でないものを下手人として処罰し、あとでわかったらお役御免になる。そう威したのだが、橋尾左門は酒をいっきに呷《あお》ってから、

「じゃあ、本当の下手人は誰なんだ」

と、反撃してきた。

「それは――」

剣一郎は言葉に詰まった。

「おいおい、何をそんなに深刻そうに話しておる」

横合いから現れたのは宇野清左衛門だった。ふたりの横にあぐらをかき、

「さあ、呑め」

と、銚子を突き出した。

「いえ、宇野さまこそ」

宇野清左衛門の持っていた銚子を横取りして、酒を勧めた。

「おい、青柳」

「はい」

「おぬしは奥方に頭が上がらんのであろう」

「いえ、そんなことは」

「なに、隠すな。おい、青柳。おぬしだらしがないぞ」

いつの間にか、橋尾左門は逃げ出していた。

困惑していると、裾を引いた芸者がやって来て、

「青柳の旦那。一つやりましょうよ」

と、誘った。まつだ。

「そのつもりだったが、この騒ぎではな」

以前にまつから教わった唄を披露しようとは思っていたのだが、座の乱れはそのような雰囲気ではなかった。

「よし、青柳、やれ。きいてやる」

宇野清左衛門が大声で手を振り回して言った。

「じゃあ、やりますか」

剣一郎は清左衛門から逃れるように前のほうに出て行った。

まつが三味線を弾き始めた。が、うるさくて音が耳に入らない。唄を聞こうなどとして

いる者は誰もいない。座は乱れっぱなしだ。

「だめだな」

剣一郎は諦めた。まつも撥《ばち》を持ったままため息をついた。

自分の席に戻ったとき、今度は朋輩《ほうばい》の与力がやって来た。酒癖がいいほうではない。普段はおとなしいのに、呑むと絡んでくるので、剣一郎は顔をしかめた。

「さあ、呑もう」

「いや。もう呑めない」

「俺の酒が呑めないって言うのか」

「そうじゃない。俺はそんな呑めるほうじゃないって知っているだろう」

「一杯だけならいいだろう」

仕方なく、酌を受ける。

「さあ、呑み干せ」

剣一郎は立て続けに三杯も呑まされた。

役所ではいかめしい顔をしている年番方や吟味方などの与力に限って酒に呑まれるのか、悪酔いする。

まつがまた横にやって来た。

「旦那。ぼっちゃまはいつ見習いに出るんですか」

まつが寄り掛かるように耳元に口を寄せてきいた。

「さあな。あの方もそろそろと仰っているが」

そう言って顎をしゃくった先には、年番方の宇野清左衛門がとうとう裸になって踊り出した。芸者衆の嬌声がかまびすしい。

「旦那。あたしがぼっちゃまを男にして差し上げますよ」

「よせよ」

剣一郎はあわてて言う。

ふと工藤兵助の疲れた顔が目に入った。

「兵助、こっちへ来なさい」

目を丸くしている工藤兵助を呼んだ。兵助はつつと近づきて来た。

「どうだ、驚いただろう」

「はい。いえ」

あわてて、兵助は言いなおした。

「正直に答えていい。でもな、よく見ておけ。役所でえらそうな顔をしていても、一皮剝《む》けば皆この程度さ。もし、役所で威張《いば》っている奴がいたら、今夜のことを思い出して、腹の内で舌を出しておけ」

「はい」

兵助は素直に答えた。

「さあ、どうぞ」

まつが兵助に酌をする。

鯱《しゃちほこ》張《ば》った若者を、微笑《ほほえ》ましく見たが、俺にもこういう頃があったのだと、ある意味ではその若さがうらやましくもあった。

座は相当に乱れている。その代表格が宇野清左衛門の裸踊りだ。他人がみたら奉行所の人間の酒席とは思うまい。

その後も入れ代わり立ち代わりひとが寄ってきた。剣一郎は朋輩や上役に無理強いされてだいぶ酒を呑んだ。厠《かわや》に立つとき、足がふらついた。

厠を出てから縁側でしゃがみ込んだ。火照《ほて》った顔に夜風が気持ちよい。ようやく月が上ってきた。庭の池の水面が月光を照り返している。

池の鯉が跳ねたのか、大きな水音がした。

「そろそろお開きになるそうですよ」

まつがやって来て、剣一郎の手をとり、座敷まで引っ張って行った。

剣一郎が元の席についたとき、ほとんどの者も席に戻っていた。あれだけ乱れていた宴席なのに厳粛《げんしゅく》な空気が流れている。

昔から不思議だった。この連中は乱れていても最後はしゃきっとなるのだ。宇野清左衛門にしてから顔つきが違う。

つい最前まで裸踊りをしていた人間とは思えぬ威厳に満ちた顔つきで一同に向かって挨《あい》拶《さつ》をした。

「これで、工藤兵助は晴れて我等の仲間である。皆もくれぐれも兵助に目をかけてやるように」

続いて、工藤兵助が最後の挨拶をして、座は無事にお開きとなった。が、残った酒を意地汚く呑み漁《あさ》っている者もいた。

帰りには皆、工藤兵助からの土産をもらって機嫌よく帰って行った。

剣一郎は急に酔いがまわってきて足がよろけた。まつに支えられて、玄関の脇の部屋で少し横になった。

四半刻ばかり眠ってしまったようで、目が覚めたとき、朋輩は皆引き上げて、料理屋はひっそりとしていた。まつがひとりで傍《そば》にいた。

「よくお眠りでした」

「不覚であった」

正体もなく寝入ってしまった自分を恥じた。

まつといっしょに料亭を出た。

日本橋川の河岸を歩く。

「厄介をかけちまったな」

「そんなことありませんよ。旦那のためなら」

そう言ってまつが剣一郎の手を握った。

「ねえ、旦那」

「これからどっか行きましょう」

「俺はもう呑めねえ」

剣一郎はまつの手を振り払った。

「呑むところじゃなくてもいいのよ」

「なんだい、誘っているのか」

「まあ、あけすけに言わなくてもいいでしょう」

まつは不満そうに言う。

「喜ばすなよ」

「あら、じゃあ、行きましょうよ」

「待て。今夜はだめだ。呑み過ぎて、役に立たねえ」

「そんなこと言って奥様が怖いんでしょう」

「そうじゃない。俺も男だ。おまえみたいないい女に言い寄られたらどうにかなりそうだ。だが、ほんとうに呑み過ぎた」

剣一郎は河岸の柳の傍にしゃがみ込んだ。ため息をついて、まつが横にしゃがんだ。

「風が気持ちいいな」

叢雲《むらくも》に月が隠れ、辺りが暗くなった。

「伜をおめえに一人前にしてもらおうっていうのに、俺とおまえが変な関係になっちまったら具合が悪い」

「あら、あたしに任せてくれるんですか」

まつの声が弾んだ。

「そんときは頼む」

「へんな旦那」

まつがくすりと笑った。

再び月が現れ、川面がきらめいた。月の光に照らし出されたように鵜飼錦吾の顔が脳裏に蘇った。

残された時間はあと数日。あの男を殺してはならぬ。剣一郎は覚えず拳を握りしめた。

遠くで拍子木が鳴っている。四つ（午後十時頃）になるのだろうか。

「さてと、そろそろ引き上げるとするか」

そう言い、剣一郎はおもむろに立ち上がった。

「だいじょうぶですか」

「なんとか歩けそうだ」

「駕籠をお呼びしましょうか」

「なあに、そんな遠いわけではない。おまえにも迷惑かけたな」

「とんでもない。またお風呂で会いましょう」

剣一郎は声を立てて笑った。

もう少し送るというまつと共に、剣一郎が歩き始めたとき、前方のくらがりから黒い影が現れた。

凄まじい殺気が漂っている。

「出やがったな」

黒覆面の侍と長剣を操る男だ。剣一郎は一瞬にして酔いが醒《さ》めた。が、それは意識だけのことで、体には酒が残っている。

「旦那」

「おまえは下がっていろ」

剣一郎は緊張した。素面《しらふ》で立ち合っても黒覆面とは互角の腕前。が、長剣の男とは勝手がわからないぶん不利だった。そういう相手に対して、今剣一郎は正常な状態ではない。酒が全身の神経を鈍くしている。

「どっちからかかって来るんだ」

いがした。

剣一郎は強がりを言う。

黒覆面の侍が前に出て、素早く剣を抜き放った。

剣一郎は剣を抜いた。が、正眼に構えた剣先が不安定に揺れた。覆面の下で男の含み笑いがした。

相手が剣を振りかぶるや、すぐさま打ちおろしてきた。剣一郎は身を横に移して避けた。左袖に切り込みが走った。自分の反応が鈍いことに剣一郎は愕然とした。

剣一郎は草履を脱ぎ、後ろに蹴った。少しでも動きを妨げるものは外すしかない。

まつが叫び声を上げていきなり駆け出した。しかし、この辺りは船着場や荷揚げ場である。それに商家の蔵の裏手で、遠くにある町家にしてもすでに灯は落ちている。人通りはない。

長剣の男がまつを追おうとするのを剣一郎は地を蹴り、背後から躍りかかるように斬りつけた。が、相手は簡単に身をかわし、長剣で剣一郎の剣をはねのけた。

剣一郎はよろけた。そこに長剣が凄まじい早さで振り下ろされた。剣一郎はすんでのところで長剣を受け止めた。が、その衝撃から腰が砕けそうになった。

懸命に踏ん張っているところに、黒覆面の侍がゆっくり近づいて来、まるで罪人の首をはねるような余裕で剣を構えた。剣一郎は長剣に押さえつけられながら為す術もなかった。

黒覆面が剣を振りかざした。そのとき、小柄が風を切って飛んで来た。黒覆面が小柄を払った隙に、力を振り絞り、剣一郎は長剣を撥ね除け、体を一回転して危機を脱した。

「助太刀いたす」

若い侍が抜刀して躍りかかった。

黒覆面と助けに入った侍が対峙していたが、いきなり黒覆面の侍が踵を返し、闇に向かって失踪した。いつの間にか、長剣の男も姿をくらましていた。

「旦那。だいじょうぶですか」

まつが駆け寄った。

「大事ない。そなたが助けを呼んでくれたのか」

「途中、このお侍さまに出会ったので助けを求めたんですよ」

剣一郎は刀を鞘に納めてから、

「危ういところを助かりました。かたじけない」

と、暗がりに立っている侍に礼を言った。

「礼を言われるほどのことはない」

その声に聞き覚えがあって、剣一郎は一歩前に出た。

「あっ、あなたは――」

剣一郎は戸惑い気味に声を失った。

六

翌日、二日酔いと寝不足、それにゆうべ襲撃を受けた際の手傷などで、起きるのも苦しかったが、どうしても休むわけにはいかなかった。

奉行所に行くと、とうに工藤兵助は来ていて、出仕してくる上役や朋輩たちに茶をいれていた。

剣一郎のもとにもすぐに茶が運ばれて来た。

「これは宇野さまのだ。俺のはもっと深い」

剣一郎の言葉に、工藤兵助は飛び上がらんばかりに驚き、

「失礼いたしました。すぐにお持ちいたします」

と、茶の入った湯飲みを持って去って行った。

すぐに兵助が瓢簞《ひょうたん》の模様のはいった湯飲みに茶をいれて持って来た。

「失礼いたしました」

皆の茶をいれるのは新参者の勤めだ。剣一郎も新任の頃は茶をいれていた。まず誰それの湯飲みと覚えなければならない。いかつい顔の男が意外と可愛らしい湯飲みを使っていたり、小柄な男がばかでかい湯飲みだったりする。

「ゆうべはごくろうだった。疲れただろう」

「はい、いいえ」

あわてて言いなおした。

芸者もたくさん呼んでおり、料理もまずまず。土産まで持たせ、たいそうな出費であったろうと兵助の親御の懐を心配した。

「ゆうべの酒宴での様子で、それぞれの人間性がわかったであろう。まあ、何事にも誠実に当たっていけば何ら問題はない。頑張りなさい」

「はい、ありがとうございます」

そう言ったあとで、工藤兵助は怪訝そうに剣一郎の顔を見た。

「どうなさりましたのでしょうか」

「これか」

こめかみの痣《あざ》に手をやり、

「酔っぱらって転んだ」

と、剣一郎は苦笑した。

ゆうべ帰宅したあとで、改めて体のあちこちに痛みを覚えた。足や二の腕にも傷があった。着物も泥だらけで、どうやら悲惨な姿であったらしい。何事にも動じない多恵が剣一郎の姿を見てうろたえていた。酔っぱらって転んだなどという説明に、多恵は納得しなかった。あれほど心配そうな顔をした多恵を初めて見た。

時間を見計らって、剣一郎は部屋を出た。

四人の仮牢に向かった。牢屋同心に頼みこんで中に入れてもらい、仮揚り屋の太い格子越しに鵜飼錦吾と接見した。

「鵜飼どの。俺はゆうべ、またも黒覆面の侍と長剣を扱う男に襲われたんだ。だが、危ういところを助けてくれたのが木崎叉八郎だった」

鵜飼錦吾は端然と座り、身じろぎ一つしない。

「あんたをはめたのは木崎叉八郎ではないかと疑ったことがあった。あんたがいなくなれば木崎叉八郎が大塚道場の跡継ぎになれるかもしれないからな。だが、どうやら違った」

「叉八郎はそんな男ではない」

やっと鵜飼錦吾が口をきいた。

「そうだ。奴ではない。では、誰なんだ。あんたを陥《おとしい》れて得するのは誰なんだ」

「わからない」

「よく考えてみろ」

「もういい。どうせ生きていたって仕方ない。これも俺の運命だ」

「小紫に会いたくないのか」

「もう、小紫とは会うこともあるまい」

鵜飼錦吾は寂しそうな顔を向けた。

剣一郎は諦念している錦吾に腹が立ってきた。

「生きていればなんとかなる。死んでしまえばおしめえだ。そうなって、一番喜ぶのはおまえさんを陥れた奴だ。そいつに腹が立たないのか」

答えまで間があった。

「怒りはある。でも、どうしようもないのだ」

一瞬目を鈍く光らせた錦吾を見て、剣一郎ははたと気づいた。

「ひょっとして、あんたは見当がついているんじゃないのかえ。そうだな。誰だ、そいつは？」

首を横に振ってから、錦吾は押し黙った。

「一つだけ教えてくれ。吉見屋忠兵衛って高利貸しを知っているか。この男が小紫を身請けしたようなのだ」

錦吾は意外そうな顔をした。

そこに、鵜飼錦吾の呼び出しがあった。最後の詮議がはじまるのだ。

剣一郎は引き立てられて行く錦吾を心の冷え冷えとした思いで見送ったが、途中で錦吾が振り返って言った。

「小紫を身請けしようとしていたのは井筒主水だったはず」

「七百石の旗本で、西丸書院番組頭。私の兄鵜飼錦右衛門の上役に当たる」

「井筒主水？」

剣一郎は錦吾の傍に駆け寄り、

「この前、あんたに見せた煙草入。あの煙草入の持主は一刀流の遣い手だ。あんたはその人物に心当たりがあるんじゃないのか。教えてくれ」

錦吾は戸惑いぎみに口を開いた。

「一刀流の遣い手に並河大次郎《なみかわだいじろう》という御家人がいる。並河大次郎は若い頃、井筒主水の中小姓を勤めていたはず」

「並河大次郎」

「あの煙草入を井筒主水が持っていたのを見たことがあります」

そう言い残し、錦吾はお白州に向かった。


その夜、夕餉の膳になかなか箸《はし》が運ばなかった。旗本井筒主水に部屋住みの御家人並河大次郎。果たして、並河大次郎が黒覆面か。考え事をしている剣一郎に剣之助が声をかけた。

「お父上、どうかなさいましたか」

「うむ？」

剣一郎は伜のほうを向いた。

「食事が進みませぬ」

剣之助の言葉を引き取って、るいが言った。

「お体の具合でも悪いのではありませんか」

「ふたりとも、お父上は体の具合が悪いのではありません。ときたま、遠くを見る目つきをなさっているでしょう。お仕事のことで気になることがおありなのですよ」

多恵は剣一郎の心を見抜いている。

「父上がそんな顔をするのですから、きっと困ったことが起こったのでしょうね」

剣之助が心配そうに言う。

「母上の言うとおりだ」

剣一郎はふたりの子を交互に見て、

「世の中には己の力ではどうにもならぬことがある。己の無力を感じるときだ。いつか、ふたりもそういうことを味わうこともあろう」

剣一郎はそう言い、

「かといって家の者にそんな顔を見せたのは私の迂闊《うかつ》であった。案ずることはないぞ」

と続けて、焼き魚に箸を伸ばした。

食事をとり終えたあと、女中がやって来て多恵に耳打ちをした。多恵は頷き、それから

剣一郎に向かって、

「じつは引き合わせたき者がおります」

と、言い出した。

はて、誰であろうと、剣一郎は訝《いぶか》った。

その者は庭に来ているという。

剣一郎が濡れ縁に立つと、庭に平伏している男がいた。

「小間物屋の文七でございます。文七、顔をあげなさい」

多恵の言葉に、庭に畏まっていた男が顔を上げた。

「文七にございます」

「文七とやら、何か頼みごとでもあるのか」

多恵が文七のために口添えをしてやったのであろうと思って剣一郎は声をかけた。

「いえ、そうじゃありません。負傷した勘助に代わってお手伝いをと思いまして。まず、文七。そなたの知っていることを旦那さまにお話ししてください」

多恵が口添えをするように言った。

「畏まりました」

改めて、剣一郎は文七の顔を見た。きりりと締まった顔つきで、涼やかな目をしている。

「文七、言ってみろ」

剣一郎はあぐらをかいて、くだけた口調になった。

「まず、久米吉のことでございます」

「久米吉だと」

覚えず多恵の顔を見た。多恵はにっこりして頷いた。剣一郎は身を乗り出して文七を凝視した。

「久米吉は元は井筒主水の屋敷の中間だったそうです」

「なに、井筒主水だと?」

黒覆面と思われる並河大次郎も井筒主水と結びつきがあった。久米吉もまた井筒主水につながっている。

「その後は渡り中間として、いろいろな旗本、御家人に仕えてきたようですが、不思議なことに井筒主水の屋敷にしょっちゅう出入りしているようです。井筒家の屋敷が賭場になっている話もないし、井筒家に何か関係があるのではないかと思われます。それに、今は井筒家に戻っています」

ますます事件に井筒主水が関わっている可能性が強まったものの、動機がわからない。

「久米吉はときたま浅草の矢場で遊んでおり、そこで権助と顔見知りになったのでございます」

「権助はいかがした。無事なのか」

「わかりません」

剣一郎は文七を不思議な若者と見ていたが、いつしか教えを請うように矢継ぎ早に質問をしていた。

「権助は生きていると思うか」

「いえ」

「そうか、やはり……」

「おそらく、どこかに埋められているのではないでしょうか」

「鶏飼錦吾は吉原大里屋の遊女小紫の間夫だが、その小紫を身請けしようとしていたのが井筒主水らしい」

鶏飼錦吾を排除するためとはいえ、殺人まで犯《おか》すであろうか。

遊女をはさんでの悋気《りんき》が犯行の動機と訴えても、吟味方の橋尾左門が受け入れるわけはない。

「どうやら大和屋殺しと渡海屋殺しも無関係ではなさそうだな。裏に何かある」

剣一郎が言うと、

「はい。私もそう思います」

と、文七が答えた。

「文七、もう一つ頼みがある」

「はい、なんなりと」

文七は頼もしげに言った。

「小紫という遊女を探してもらいたい。鵜飼錦吾の女だ。今まで三ノ輪にある大里屋の寮に出養生していたが急に別の場所に移された」

駕籠かきに会いに行ったまでの話をしてから、剣一郎は暗い顔つきになり、

「ひょっとして自害して果てているやもしれぬ」

文七の顔色も変わった。

「根岸からどこに移されたのか。たぶん、それほど遠くには行っていまいと思うが」

「わかりました。さっそく当たってみます」

「頼む」

去って行く文七を見送ってから、剣一郎は文七の素性を確かめようと多恵に声をかけた。が、多恵は素知らぬ顔で子供たちのほうへ行ってしまった。

七

浪人笠を被り、剣一郎は大和屋が殺された榧寺の辺りから、権助が追剝を尾行したと思

われる道を通った。新堀川を越えて、侍屋敷に出た。その界隈を歩き廻り、ようやく御家人並河大次郎の屋敷を捜し当てた。並河家は百五十俵三人扶持の小禄であった。

権助はこの辺りで追剝を見失った。この屋敷に消えたのではないか。久米吉が辻番に行って侍の名を聞いてきたというが、偽装に違いない。

雲がだいぶ移動していた。組屋敷から侍が出て来た。三十半ば過ぎに見える。並河大次郎は三十八歳だというから、本人かもしれない。

その男が歩いて来る。剣一郎も足を踏み出した。鋭い目、でんとした腰構え。剣の腕が立つことが窺える。

すれ違った。黒覆面と姿形が似ているような気がする。しばらく行ったところで剣一郎は立ち止まって振り返った。相手も立ち止まってこちらを見ていた。

剣一郎は笠をとった。大次郎と思える男の目に驚愕の色が浮かんだ。大次郎は刀の柄に手をかけたが、すぐに思いなおしたように踵を返し、逃げるように立ち去って行った。

間違いない。あの男こそ黒覆面だ、と剣一郎は確信した。今度こそ、大次郎は命懸けで剣一郎に襲い掛かってくるだろう。黒覆面の一刀流と長剣を打ち破る方法を早急に編み出さなければならなかった。

（真下先生）

覚えず、剣一郎は師の名前を呼んでいた。

柳橋から船で橋場《はしば》の船着場に向かった。波が高く、船はだいぶ揺れた。船頭が汗を流して櫓を漕いでいるが、舳先《へさき》に座っている剣一郎には川風が心地よい。

三囲神社や嬉野《うれしの》の杜《もり》、さらにはろけく望める筑波《つくば》が一幅の絵を見るように眼前に広がっている。が、剣一郎はその美しい風景を十分に楽しむ余裕はなかった。

大川橋を潜ってやがて、三囲神社の前の船着場に着く。剣一郎は船から下りて、土手に上がった。

そこから真下治五郎の隠居所までは指呼の間だ。

隠居所に着いたが、家はひっそりとしていた。土間に入り、奥に向かって声をかけた。しばらくして、薄暗い中からおいくが出て来た。

「まあ、青柳さま」

「突然、お邪魔して申し訳ございません。先生はご在宅でございましょうか」

「ごめんなさい。留守なんです」

「えっ、お出かけですか」

真下が出かけるときは、たいがいおいくといっしょのはずだ。ひとりで出かける用事があるとは思えなかったので、意外だった。

「先生はどちらへ？」

「わからないのです」

「わからない？」

「先だって、青柳さまがお見えになった次の日に、しばらく留守にすると言って出かけて行きました」

さては、長剣の技について何かを調べに行ったのか。

「そうですか。で、先生はいつごろ、お帰りになるか、ご連絡はありませぬか」

「一両日には戻るという手紙が届きました」

「わかりました。それでは、また出直しすることにいたします」

「あら」

おいくが意外そうな表情をした。

「せっかくいらっしゃったのですから、どうぞお上がりなさってくださいませ」

「いえ、とんでもありません。先生の留守に上がり込むなんて」

「そんなこと気になさらないでください。青柳さまは特別ですから。どうぞ」

「いえ、急ぎの用もありますれば、これで。また出直します」

剣一郎は顔を真っ赤にして土間から飛び出した。

第四章　愛想尽かし

一

町奉行の取り調べるお白州は吟味《ぎんみ》与力だけのものより大きい。上の間の正面に奉行が座っている。御目付がいかめしい表情で座り、その横には吟味方与力が、右側には例繰方与力が机に向かって座っていた。その他に書役同心や見習与力も並び、ものものしい雰囲気である。

剣一郎は白砂利に敷かれた筵《むしろ》に座っている鵜飼錦吾を見た。旗本の次男とはいえ勘当の身であるから白州砂利での詮議になるが、羽織袴姿である。

剣一郎は例繰方与力として詮議の場に臨《のぞ》みたかったが、私情が絡むという理由で拒否された。

風が出ている。剣一郎は風烈廻り与力として、市中見廻りに出る同心たちといっしょに奉行所を出たが、実際の見廻りは同心たちに任せ、自分は小川町に向かった。

水道橋の袂《たもと》で小間物の荷を背負った文七と落ち合った。そこにもうひとり女がいた。浅草奥山の楊弓場の矢場女おけいである。

なるほどちょっと年増だが、うりざね顔の色っぽい女だ。

「用を押しつけちまってすまなかったな」

剣一郎はおけいに言った。

「文七さんのお役に立てるならなんなりと」

おやっという目を向けると、文七は困惑したように俯《うつむ》いた。

「じゃあ、頼む」

剣一郎の声に、おけいは大きく頷いた。

旗本井筒主水の屋敷が見えて来た。剣一郎と文七は門を見通せる銀杏《いちょう》の樹の陰で待ち、屋敷にはおけいだけが向かった。

おけいを使って久米吉を誘き出そうというのだ。果たして、井筒主水の中間《ちゅうげん》部屋に久米吉がいるのか。

久米吉はほとぼりが冷《さ》めるのを屋敷内でじっと待っている可能性がある。鵜飼錦吾の犯行ということで一切の決着がつくまでは用心して外に出ないように戒《いまし》められているのではないか。

が、久米吉のような遊び好きの男がずっと屋敷内に引っ込んでいられるはずがない。そこが狙《ねら》い目だ。

おけいが門内に消えた。それから長い時間が経過したような気がした。おけいが出て来た。そして、振り返って門番に頭を下げる。

おけいがそのまま銀杏の樹の前を素通りする。門番の目を用心したのだ。

「うまくやったようだな」

おけいの表情からそう判断した。

ゆっくり剣一郎と文七も歩き出した。さっきの水道橋の袂に、おけいが待っていた。

「久米吉って中間はいるそうです。でも、部屋に閉じこもって出て来ないようです」

「いたか。で、おけいさんの言づけは伝わりそうかね」

「はい。門番のひとに一朱渡したら態度が変わりましたから」

その金は剣一郎が用立てたものだ。

おけいが呼びに来たと知って、今頃は外に出たくてうずうずしていることだろう。だが、昼間は用心をしているだろうから、出て来るとすれば夜だ。

文七とおけいと別れ、剣一郎は御蔵前片町にある札差の渡海屋に足を向けた。

御蔵前片町には十軒近く札差の店がある。その中でも、渡海屋は羽振りのよいほうだった。が、今は店を閉めていた。主人が殺されてから店は暗く沈んでいる。

剣一郎は潜り戸を開けて、案内を乞《こ》うた。土間が薄暗い。しばらくして、年配の男が出て来た。番頭であろうか。

「南町の与力で青柳剣一郎と申す。内儀さんはご在宅か」

剣一郎は取り次ぎを頼んだ。

奥に引っ込んだ番頭がすぐ戻って来て、剣一郎を客間に招じた。線香の匂いがするのは亡き夫の回向《えこう》をしているところか。

剣一郎は客間で、内儀《おかみ》と対座した。

「このたびはとんだことでした。失礼ですが、この先、お店はどうなるのでしょうか」

剣一郎はきいた。

「私どもには子供もおりません。ですから、前々から株を売って隠居しようと思っておりました」

「そうですか。では、もう買い手は?」

「いえ、まだ決めてはおりませんでした。何人かの方から譲って欲しいという申し出がありましたが、主人は決めかねておりました」

内儀は淡々として言う。

「札差になりたいと思っている人間は多いのですねえ」

札差の派手な暮らしぶりは有名だ。この渡海屋も若い頃はいろいろな武勇伝がある。吉原で全盛を誇った遊女に入れ揚げて身請けをして両国で茶屋を開かせてやったものの、その頃には厭《あ》いて、他の遊女に夢中になっていた。そして、その遊女も身請けしよう

とした という逸話が残っている。

晩年になっても精力は衰えず、今戸に若い妾《めかけ》を囲っていたのだ。だが、そんな渡海屋も子宝に恵まれず、親戚から養子をとったもののあっけなく病死し、以来、養子はとっていなかったという。

内儀は亭主が死んだ悲しみよりも、亭主が妾宅で死んだことに衝撃を受けているのかもしれない。

「株を買いたいと言ってきたのはどんなひとたちですか」

まさか、そのことが殺されたことと関係しているとは思わなかったが、剣一郎は話の成り行きから訊ねた。

「ほとんどが米問屋さんです」

「そうでしょうな」

札差の株仲間は氏素性のまったく知れない者に株が渡るのを防ぐために、株の譲渡先を仲間うちの兄弟や子供、あるいは長年札差の家に奉公してきた者など信頼出来る身内に限っていた。いわゆる外部からの参入はほとんど不可能な状況である。

「ただ、大和屋さんだけが違いましたけど」

「大和屋とは、あの質屋の大和屋ですか」

大和屋の名前が出て、剣一郎は覚えず身を乗り出した。

「はい」

大和屋は質屋である。質屋から札差業への参入は不可能に違いない。そう思ったとき、現当主の庄左衛門こと孝之助が若い頃は札差の家に奉公していたことがあったのを思い出した。

「大和屋さんが株を求めているのは間違いないのですね」

「はい、そうです」

大和屋が札差に触手を伸ばしているとは信じられなかった。死んだ先代の庄左衛門は堅実さを専一に商売をしてきた男だ。

果たして、孝之助の野望に庄左衛門は与《くみ》しただろうか。いや、逆だ。かえってたしなめたのではないだろうか。

「ところで、井筒主水という旗本をご存じでいらっしゃいますか」

「聞いたような気もしますが」

「誰からお聞きになったのでしょうか」

「主人です。でも、主人とどういう関係かは知りません」

井筒主水は地方取で知行所からの年貢をとっている。札差との接点はないはずだ。渡海屋が井筒主水と関係するとしたらどういうことが考えられるのだろうか。

内儀が知るわけはなかった。

剣一郎は渡海屋から質屋の大和屋にまわった。

大和屋は出かけていて留守だったが、剣一郎は帰るまで待つつもりだった。

お茶を運んで来た女中が去ったあとで、若内儀に訊ねた。

「大和屋さんは札差業に転業を考えておられるようですが、先代は賛成なさっていたのでしょうか」

「いえ。父は今の稼業をしっかり守っていって欲しいと言っておりました」

「そのことで、先代とは意見が食い違っていたのですね」

「はい」

「すると、先代が亡くなった今は、札差業に乗り出そうとしているのでしょうか」

「おそらく、そのつもりだろうと思います」

その動きを察して、先代は剣一郎に相談しようとしたのか。しかし、それもおかしい。

八丁堀与力に相談するような内容のものではない。

店先で手代の声がした。主人が帰って来たようだ。やがて羽織姿の大和屋が座敷に現れた。

「これは青柳さま。お待たせいたしたようで」

大和屋は柔和な物腰で如才なく言った。

改めて、大和屋と向かい合った。

「つかぬことを伺うが」

剣一郎はすぐに切り出した。

「なんでございましょうか」

大和屋は落ち着き払っている。

「大和屋さんは渡海屋さんに株を譲ってもらおうと頼んでいたと聞いたのだが、ほんとうでしょうか」

「はい。ほんとうでございます」

大和屋は素直に答えた。

「札差仲間の申し立てでは、外の人間が株を買うことは出来ないことになっているはずでは」

「はい。ですが、渡海屋さんは私が若い頃に札差の家で働いていたことを知っていましてね」

「すると、渡海屋さんはあなたに株を譲ることに抵抗はなかったと？」

「はい。株仲間の皆さまも私をもともとの仲間と認めてくださっておりますので」

「しかし、先代は反対していたと伺いましたが」

「大和屋が札差業に入るということをですか」

「そうです」

「最初は反対していましたが、最近では逆に応援してくれるようになりました。私の目の黒いうちにぜひ実現してもらいたいと、逆に煽《あお》られる始末でした」

大和屋が不敵に笑ったような気がした。

剣一郎は湯飲みを持って庭に目をやった。きれいに手入れの行き届いた庭だ。先代が丹精して手入れをした牡丹《ぼたん》が見事だ。

その牡丹から先代の顔が浮かび上がってきた。うちの婿《むこ》が俺の反対を押し切って札差業に足を踏み入れようとしているのです。どうしたらよろしいでしょうかという相談を、果たして持ち込むであろうか。

剣一郎は首を振った。そんなことはあり得ない。では、先代の相談事とは何だったのか。またも、先代の用件が気になった。

「渡海屋があんなことになって、株の譲渡の件はどうなるのでしょうか」

剣一郎は大和屋に顔を向けた。

「内儀さんは株仲間に一任することになりますでしょう。世話役の方々は渡海屋さんの意向を知っているので、どうにか株を手に入れることが出来そうでございます」

大和屋はこれほど自信に満ちた物言いをする人間だったろうか。先代が亡くなり、自分が主人となってますます風格が出て来たということか。

そういえば、前回ここを訪れたとき、質屋業に活気がないことに気づいた。あの時点ではすでに気持ちは札差業に向いていたということか。

「ところで、鵜飼錦吾ってお侍さまはいかがなりましたでしょうか」

大和屋が話題を変えた。

「きょうの奉行の取り調べでおしまいだ。当然、死罪だ」

「死罪でございますか」

湯飲みを手に持ち、大和屋は複雑そうな顔をした。

「このあと書類が老中にまわって下りてくるまで三日ほど。あと数日で、鵜飼錦吾は首を撥ねられるであろう」

剣一郎は無念さを押し殺して、

「鵜飼錦吾ははめられたのだ」

と、やりきれないように言った。

「はめられた？　どなたにでございますか」

「井筒主水っていう旗本が怪しい。以前に井筒家で中小姓をしていた並河大次郎という御家人の部屋住みがいる。大和屋を殺し、渡海屋を殺したのは、この並河大次郎ではないかと思っている。だが、動機がわからぬのだ。なぜ、大和屋と渡海屋を殺さねばならなかったのか」

「なぜ、鵜飼錦吾をはめたのでしょうか」

「小紫が関係していると思うが、理由がよくわからん」

ふと大和屋が鋭い目を虚空に向けた。

「何か心当たりがあるか」

「いえ、何も」

大和屋はただ黙って湯飲みを口に運んだ。

剣一郎は奉行所に戻った。鵜飼錦吾のお裁きが終了したことを知らされた。

二

文七はきょうも朝から歩きまわっていた。谷中のほうから道灌山の先まで足を伸ばし、最近見慣れぬ若い女を見かけなかったかときいてまわった。

どこでも反応がなく、とぼとぼ歩いていて医者の看板を見つけた。平屋の家だ。看板に、順安《じゅんあん》とあった。そこの土間に入り、

「ごめんください」

と、文七は障子で隠れた奥に向かって呼びかけた。

すぐに坊主頭の小太りの男が出てきた。

「順安先生でいらっしゃいますか。ちょっとお訊《たず》ねしたいのでございますが」

気難しそうな町医者に下手に出た。

「吉原の小紫という遊女をどこぞに診察しに行ったことはありませんでしょうか」

「ない」

ぶっきらぼうに一言口にしただけで、引き返しかけた。

「あっ、お待ちください。最近、この付近で見かけぬ若い女の姿をご覧ではありますまいか」

振り向き、じろりと睨んでから、

「ない」

と、またぶっきらぼうに答えた。

外に出たとき、下女ふうの女がいたので、同じことを訊ねてみたが、やはり見かけないと女は答えた。

昼過ぎからは再び音無川に沿って歩き、やがて根岸に戻り、今度は百姓家のほうにも足を伸ばした。上野から続く台地には谷中天王寺の大伽藍がそびえている。汗がしたたり落ち、顔も埃《ほこり》にまみれている。

きのうも昼間はこの界隈を歩き回り、夜になって井筒主水の屋敷を見張った。まだ、両方とも成果はない。

歩き回って疲れて来た。不動堂の門前にある茶屋に寄り、茶を呑みながら疲れを癒《いや》した。

もう一度、歩き回ってみようと思ったとき、ひとりの男が近づいて来るのを見た。百姓のようだ。

怪訝《けげん》そうに見ているとまっすぐこっちにやって来て、文七の前に立った。そして、男は腰を屈《かが》めて声をかけてきた。

「女のひとを探しているっていうのはあんたかね」

掠《かす》れた声だ。

「そうですが」

手がかりが舞い込んだかという手応えに心臓の動悸が早まった。

「俺は近在の者だが、じつは新堀村《しんぼり》に延命寺《えんめい》ってお寺がある。その裏が竹林になっていて一軒家があるんだ。そこに最近きれいな女がいるって噂だ。村の若い者が言っていた。ひょっとして、あんたの探しているひとじゃないかと思ってね」

「新堀村の延命寺ですね」

文七は立ち上がっていた。

「そうだ。竹林の奥に隠れ家のような家がある。すぐわかると思う」

礼を言う間もなく、百姓はすぐ引き上げた。

茶代を置き、文七はすぐに出発した。

天王寺の賑わいを左手に見て、やがて道灌山にさしかかった。途中、通り掛かった職人ふうの男に訊ね、延命寺を目指した。

この辺りは寺が多い。その寺の間を抜けて行くと、畑の向こうにぽつんと離れて寺の屋根が見えた。

近づいてみると、果たして延命寺であった。廃寺と思えるように寂《さび》れている。文七は塀伝いに裏手にまわった。さっきの男の言うように鬱蒼とした竹林が続いていた。

微《かす》かに道らしき筋が出来ているのを辿って竹林に入って行った。風に笹が揺れて、頭上から雨のような音が降ってくる。

眼前に明かりが戻ったとき、視界に建物が見えた。生け垣が周囲をおおっている。文七はまわりを歩いてみた。

裏手の枝折り戸からそっと中に入った。ひっそりとしている。が、突然男の声が聞こえた。年寄りのようだ。そのあとで女の声。若い女だ。

文七は庭先に入った。見つかったら商売でやって来たと開き直るつもりだった。ふと、縁側に影が動いた。

女だ。文七は思わず唾《つば》を呑み込んだ。細面の優雅で、それでいて艶《つや》っぽい。かなりやつれて見えるのは今の置かれた状況のせいか。御職を張っていた小紫に間違いないと思った。

そのとき、再び男の声が聞こえた。さっきの声とは別人で、重々しい口調だ。

文七は素早く縁の下にもぐり込んだ。

「なぜ、錦吾さまをあのような目に？」

「あやつの妹が死んだのがいけないのだ。自害などしおって」

「えっ、錦吾さまの妹御が自害？」

「知らなかったのか。錦吾は妹の自害の理由を知りたがっていた。おまえがもし喋ったら、錦吾に何もかも知られてしまう。あ奴は跳ねっ返りだから何をしでかすかわからぬ。だから、そなたとの仲を引き裂く必要があったのだ」

「それで、私を身請けしようと……」

「そなたが、わしになびくような女子ではないことはわかっておった。だが、わしとおまえの間にある秘密を隠すために、わしがおまえにご執心していると世間に思わせておいたのだ」

男は旗本の井筒主水ではないかと、文七は思った。

「待て」

突如、緊張した声に変わった。

文七は危険を察し、縁の下から飛び出た。

竹林を突っ切り、一目散に駆け出した。

まだ、夕暮れには間があった。

三

奉行所を退出し、供を従え、いつものように京橋川沿いから楓川沿いを行く。途中の屋敷にあった藤も移ろい、楽しみが消えたが、盛りであったとしても今の剣一郎には目に入らなかったかもしれない。

きょう公用人の長谷川四郎兵衛を通して鵜飼錦吾の件でお奉行に面会を申し込んだが、長谷川四郎兵衛にこっぴどい叱責を被《こうむ》った。そのときのことが蘇る。

「鵜飼錦吾に対するお裁きの前に、ぜひお話を聞いていただきたく、どうかお奉行にお取り次ぎくださりませ」

敷居の手前で跪《ひざまず》いて訴えたところ、長谷川四郎兵衛は眦《まなじり》をつり上げ、

「おぬしは鵜飼家から金をつかまされておるのか」

と、一喝した。

「違います。恐れながら、鵜飼錦吾の犯行についてはいささか――」

「だまらっしゃい。だいたい、おぬしが口出しすべきことではないわ。下がりなさい」

それ以上、頼むことは無理だった。

長谷川四郎兵衛は何かと剣一郎に辛く当たる。橋尾左門は奉行所で人望のある剣一郎を面白く思っていないであろうと言っていたが、どうもそれだけではないような気がする。四郎兵衛が高飛車な態度に出るのは何も剣一郎に対してだけではないのだが、それにしても剣一郎に対しては激しい。

そのうちに宇野清左衛門にそれとなくきいてみようかと思いながら、新場橋を渡り、役宅に近づいたとき、

「旦那さま」

と、呼ぶ声がした。

振り向くと、荷物を背負って息せき切って走って来る文七の姿が目に入った。その様子から、何らかの手がかりを持って帰ったのだと悟った。

剣一郎は玄関で多恵の迎えを受け、すぐに庭に面した座敷に向かった。文七は庭で、畏《かしこ》まっていた。

「文七、ごくろうだった」

腰を落としてから声をかけると、文七は待ちかねたように顔を上げた。

「小紫らしき女を見つけました。道灌山の近くです」

文七は発見までの経緯を説明し、そこまで行って小紫らしい女を確認してきたことをいっきに話した。

そして、さらに耳にした井筒主水らしき男と小紫の会話をそのまま伝えた。

「そうか。錦吾の妹の自殺にも小紫が遊女に身を落としたことにも、同じ理由が介在するということだな」

そして、小紫の傍に井筒主水がいたということは、小紫を身請けした吉見屋忠兵衛と井筒主水とが仲間であることを物語っている。

「よくやった。文七」

剣一郎は立ち上がった。

「ご案内いたします」

「よし、疲れていようが頼む」

すぐに着替えを済ませ、剣一郎は屋敷を飛び出した。

明るかった空も上野山下辺りで薄暗くなり、西の空が僅かに赤く染まっていた。

根岸の里から新堀村にたどり着いたときには西の空の輝きも失せていた。延命寺も闇に包まれていた。

「用心しろ」

文七に言い、剣一郎は竹林に足を踏み入れた。

竹林の闇を抜けると、夜空が開けた。星の輝きが見える。そして、前方にはほのかな明かりが浮かんでいた。

正面から堂々と訪れるつもりでいたので、剣一郎は表門に向かった。風の音だけで、静かだ。

門を開き、敷石を踏んで格子戸に辿りついた。

「ごめん、お頼み申す」

剣一郎は戸を開いて声を張り上げた。

しかし、ひっそりとしたままだ。その間に文七は裏にまわったが、すぐに戻って来た。

「戸締まりがしてあって入れません」

さては気づかれたか。それにしては表戸は開いている。

「これは」

ふと、香の匂いに気づいた。奥から明かりが漏れている。

「奥に誰かいるのかもしれねえ。上がってみよう」

剣一郎は刀を鞘ごと抜いて上がった。薄暗い廊下を伝い、奥に行く。途中にある部屋の襖を開けたが、誰もいない。

「逃げられたか」

つい最前までひとがいた気配がする。

「確かに、ここにいたんです」

まるで自分の落度のように悄気《しょげ》ている文七を慰めてから、剣一郎は家中を探し回ったが、何の手掛かりも見つからなかった。

四

翌日、出仕して直ちに三番組年寄の宇野清左衛門のもとに参上し、これまでの経緯を話してから、事件についての推理を話した。

「そもそものきっかけは鵜飼錦吾が小紫と親しくなったことから出発しております。何事もなければ、錦吾は小紫の間夫としての暮らしを続けていたでしょう。ところが、二ヶ月ほど前に、錦吾の妹雪路が死にました。自害です」

「なに、自害とな」

宇野清左衛門の太い眉がぴくりと動いた。

錦吾が妹の自害に大きな衝撃を受けたであろうことは想像に難くない。そして、そのことで警戒心を持ったのが井筒主水だ。

雪路の自殺の理由も、小紫の遊女になった理由も、いずれにも井筒主水が絡んでいる。そこで、小紫を身請けし、錦吾から引き離そうとした。が、小紫は病気を装い、三ノ輪の寮に出養生に行った。そこに、錦吾が忍んできた。

そこで、さらに小紫を別の場所に移し、今度は吉見屋忠兵衛なるものが小紫を身請けすることを条件にどこかに連れて行った。小紫が仮病であることを見抜いてのことだ。

「さらに驚くべき事実があります。ここ十日余りで、別の旗本の娘ふたりが自殺を遂げております。ひとりは小名木川に、もうひとりは大川に」

「さてはまた面妖な」

宇野清左衛門が顔をしかめた。

「おそらく、錦吾の妹の自殺と同じ理由があるのではないでしょうか。このことは同心の植村京之進に探らせましたが、当のお屋敷では理由を言おうとはしません」

「御家の恥と考えておるのであろう」

「そして、この間に起きたのが大和屋殺しです。この追剝事件は最初から大和屋を標的にしていたように思われます。そこで暗躍したのが久米吉という男です」

ところが、権助という邪魔者が入った。権助は追剝のあとをつけ、煙草入も拾った。これは敵方にとっては予想外のことだった。久米吉は苦し紛れに、鵜飼錦吾の名を出したのだが、権助を始末せざるを得なくなった。

なぜ、久米吉が鵜飼錦吾の名を出したのか。それは、もともと札差の渡海屋殺しで、鵜飼錦吾に罪をなすりつける計画があったからではないか。

この渡海屋殺しでも動き回っていたのが久米吉である。そして、実際の殺害を実行した黒覆面の男は並河大次郎という御家人だ。

この並河大次郎は以前に旗本井筒主水の中小姓をしていたという。久米吉ももともと井筒家の中間だったのだ。

「このようにしてみると、事件の黒幕として井筒主水さまの姿が見え隠れするのです」

「しかし、井筒主水がなぜ、大和屋を殺害し、札差の渡海屋まで殺害しなければならないのか」

宇野清左衛門が厳しくきいた。

「そこはわかりません」

「今の話はあくまでもおぬしの推測に過ぎん。証拠がないではないか」

宇野清左衛門が冷たく言った。

「しかし、何者かが鵜飼錦吾を罠にはめた可能性が強いのです。このままでは錦吾は死罪に」

奉行取り調べの結果の書類は老中に渡り、老中から将軍に渡り、その裁可が得られればまた老中に戻され、そして奉行の手に渡る。

鵜飼錦吾に対する裁可の書類は明日か遅くとも明後日にもお奉行のもとに戻ってくるであろう。

奉行は歴代将軍の忌日を避けて、鵜飼錦吾に宣告し、刑の執行を行うのだ。将軍が書類を見て裁可をためらうことがあれば時間は稼げるが、そのような期待は無理であろう。

このままじっとしていれば、やがて鵜飼錦吾は罪をかぶって死んで行く。

「お願いでございます。旗本井筒主水さまの中間の久米吉を呼び出すことが出来ませぬか」

「無理であろう」

「唯一の手がかりは久米吉なのです」

「証拠がない。仮に、頼み込んでも断られるのに決まっている」

宇野清左衛門は冷たく言った。

宇野清左衛門を通してお奉行に訴えようとしたのだが、目論見《もくろみ》は外れた。冷静に考えれば、宇野清左衛門の言う通りに違いない。やはり久米吉が動き出すのを待つしかなかった。その久米吉はまだ動かない。

「青柳どの。自重されたほうがよい。また、長谷川どのにうとまれるぞ」

「宇野さま。そのことでございますが、なぜ長谷川さまは私を目の仇《かたき》にするのでしょうか。何かお心当たりはございましょうか」

「気になるか」

「いささか」

「気にせんでよい」

「なれど」

「おぬしが目障りなのであろう。おぬしを警戒しておるのだろう」

「何を、でございますか」

「たいしたことではない。まあ、いいではないか。無視していればよろしい」

宇野清左衛門はそれ以上取り合おうとしなかった。


役所から戻っても、剣一郎は鵜飼錦吾のことを考えて落ち着かなかった。座敷で思案し、それから庭に出た。腕組みをして空を見上げる。暮れなずむ空はまだ明るく、草花の緑が目に眩《まばゆ》い。

「何をお考えですか」

濡れ縁から多恵の声がした。

「鵜飼錦吾どののことですね」

「うむ。時間がない。ただ手を拱いているだけの己が虚《むな》しいのだ」

「何か手はあるはずです」

「文七に井筒主水どのの屋敷を見張らせている。久米吉が出て来てくれればいいのだが」

久米吉はおけいの誘いに心が動いているはずだ。外に出たくて、うずうずしているのではないか。そこに付け入る隙があるのだが、果たして出て来るだろうか。

「奴らは大和屋と渡海屋を殺し、その罪を鵜飼錦吾になすりつけた。奴らの狙い通り、錦吾が死罪になる日は近い。錦吾が死罪になれば、奴らはすべての動きをやめるかもしれない。そうなったら、ますます奴らを追及することが難しくなる」

　珍しく剣一郎は弱音を吐いた。

「いえ。敵方はまだ目的を果たしたとは言えないのではないでしょうか」

「どういうことだ？」

「大和屋さんや渡海屋さんを殺して、誰が何の利益を得るのでしょうか」

「井筒主水には大和屋と渡海屋を殺す動機がない。そのことで行き詰まっている」

「あなたは肝心な者を忘れておいでではありませぬか」

「肝心な者？」

「そうです。小紫を身請けした吉見屋忠兵衛という男。この男と井筒主水どのがつながっているのは間違いないでしょう」

「そうか。吉見屋忠兵衛のほうに大和屋と渡海屋を殺す動機があったというのだな。だが、そうだとしても、その目的はなんだ？」

「渡海屋さんは札差でしたね。その札差株は？」

「渡海屋は札差を廃業するつもりだった。その札差株を狙っている者が何人かいたようだ。だが、渡海屋を殺しても、株が自分の手に入るという保障はない」

「それがあったとしたら？」

「なるほど」

剣一郎は多恵の言うことを理解した。犯人の最終目的が札差株だとしたら、今後それを手にしたものが怪しいということになる。

しかし、大和屋の口ぶりでは自分が株を手に入れることが出来そうだと言っていた。ほんとうにそうなのか。

はたと思い立ち、剣一郎は座敷に戻った。

「出かけて来る」

「そろそろ夕餉の支度が出来ますが」

「あとでいい」

剣一郎は厳しい顔で言った。

剣一郎が向かったのは札差仲間惣頭分の生田屋長次郎《いくたやちようじろう》の店だ。

生田屋は蔵前森田町《もりた》にあった。突然の八丁堀与力の訪問に家人も不審顔だったが、内儀が客間に通してくれた。

檜《ひのき》のこった造りの家だ。庭も広く、さすがに江戸の豪商に数えられるだけのことはあると、剣一郎は客間に通されてからも感心しどおしだった。

生田屋長次郎はでっぷり肥り、二重顎の貫禄ある風貌であった。

夜分の訪問を謝し、剣一郎はさっそく切り出した。

「先頃殺された渡海屋は札差を廃業するつもりだったようですね」

「さようです。あそこは跡取りもおらず、株を売って余生を安穏《あんのん》に暮らそうとしていました」

長次郎は静かに答える。

「その株を何人かの者が求めていたとか」

「はい」

「その株はどなたにお譲りするか決まっていたのでしょうか」

「いや、まだ正式には決まっておりませぬ」

「どうやって決めるのですか」

「ご承知かと思いますが、札差業の身内にのみ譲渡可能としております。渡海屋さんの意志によりますが、我ら札差の惣頭たちの意見も参考になるでしょう」

「吉見屋忠兵衛という高利貸しをご存じか」

「吉見屋さんですか。いえ、知りません」

表情から嘘をついているようには思えなかった。

「質屋業の大和屋が札差株を求めているそうですね」

「はい」

「他の業種からの参入もあり得るわけですか」

「原則的にはあり得ません。が、今の大和屋さんはもともと札差の店で奉公人をしていたものですし、まるっきり無縁の者ではございません」

「すると、大和屋が株を買い求めることについては何ら問題はないということですか」

「まあ、そういうことです」

「大和屋はもう株は手にいれたも同然のような口ぶりでしたが、どうなのですか」

「株仲間で決めることになりますが、そうなるかもしれません」

「他に株を求めている者は米問屋だと聞きました。私には昔の札差の奉公人よりも蔵前で米問屋をやっている者のほうが有利なように思えるのですが」

「それは」

長次郎が困ったような顔つきになった。

「まあ、今後、札差としてやっていく上での資質が一番あるのは大和屋さんではないかと」

「皆さんの意見も大和屋でまとまっているのでしょうか」

「まあ、そうです」

微かに目を伏せたのは、大和屋からいくらかもらっているからか。

おそらく、大和屋は札差仲間の世話人たちにだいぶ金を使っていたのではないか。それほど、金を使っても札差になればそれ以上に儲かるという計算からであろう。

大和屋にそれほどの余裕の金があったのだろうか。あるいは店の金を運動資金として使い込んでいたのか。先代はそのことに気づいていたのか。しかし、そうであったとしても八丁堀に相談を持ちかけるようなことではない。このことになると、いつも堂々巡りになる。

「株を所望している米問屋の名前を教えていただけませんか」

「どうなさるので？」

長次郎の目に警戒の色が浮かんだ。

「ただ知っておきたいだけです。教えることが生田屋さんにとって拙《まず》いなら他で調べますよ」

半ば、威《おど》した。

「いえ、とんでもない」

あわてて言い、長次郎は二つの米問屋の名を挙げた。

その一つの上総《かずさ》屋という米問屋は、生田屋からほど近くにあったので、帰りに寄ってみた。

庭に米倉が見える。店先まで出て来た上総屋に夜の訪問を詫びてから、

「上総屋さんも渡海屋の株を望んでいたそうですね」

と、剣一郎は上総屋の渋い顔を見た。まだ四十前であろうか。

「はい。手前どもは蔵前で長いこと米問屋をやっておりましたが、渡海屋さんが株をお譲りになるというお話を聞いて、それならばと申し込みをしてみました」

「質屋業の大和屋も札差株を求めているときいたのですが？」

「大和屋さんは熱心でしてね」

上総屋が顔をしかめた。

「株仲間にもいろいろ働きかけていたようですね」

「ええ。渡海屋さんが拒絶の姿勢を崩さないので、株仲間の主だったひとたちに金をばらまいていたようです」

「渡海屋が拒絶の姿勢を崩さないというのは？」

聞きとがめて、剣一郎はきいた。

「渡海屋さんはどういうわけか大和屋さんに株を譲ることを渋っておられたのです」

「なんですと。渡海屋が？　それはどうしてですか」

「表向きの理由は、札差業から足を洗って質屋になったのだから、札差の身内ではないということのようです。それが真の理由とは思えませんが、私どもは渡海屋さんの決意を歓迎していたのですが、渡海屋さんがあんなことになってしまいました」

無念そうに、上総屋は口許を歪めた。

「じゃあ、渡海屋が生きていたら株は大和屋にはいかなかった？」

「そのはずです。今度の事件は、まあ言ってみれば大和屋さんにとっちゃ、いやそれを言ってしまえば身も蓋《ふた》もありませんな」

「いったい、渡海屋は大和屋の何を嫌っていたのでしょうか。想像はつきませんか」

「いえ、いっこうに。渡海屋さんはめったなことでひとの悪口を言うようなひとじゃありませんでしたから――」

「渡海屋が大和屋を嫌っていたことを札差仲間惣頭分の生田屋も知っていたのでしょうか」

「知っていたはずです」

渡海屋が大和屋への株譲渡を嫌っていたのが事実なら、事件に別な光が射してくるかもしれない。それにしても、渡海屋はなぜ大和屋の参入に反対したのか。

そこまで考えて、剣一郎はあることに気がついた。

「つかぬことを伺うが、先代の大和屋さんと渡海屋は顔見知りだったのでしょうか」

「業種は違いますが、先代の大和屋さんと渡海屋さんは昔から親しかったようですよ。その関係で、今は廃業してしまいましたが、札差の大貫屋《おおぬき》さんとも親しかったのです。婿にした孝之助さんは大貫屋さんの奉公人でしたからね」

するると、札差業への転業にもともと反対していたのは先代の大和屋で、先代のほうから渡海屋に株を売らないように頼んでいたということは十分に考えられる。

「お仲間うちで渡海屋と親しいひとはいらっしゃるでしょうか」

「仲のよいひとは多かったですよ。ですが、誰も深い事情は知らないようです。あの方は筋の通った御方でしてね。たぶん、はっきり言わなかったのも先代の大和屋さんのことを思ってのことではないでしょうか」

念のために、親しい同業者の名を聞いて、上総屋を辞去した。

そして、途中、その一つの米問屋に寄り、渡海屋のことを訊ねたが、上総屋で聞いた以上の話は出なかった。

先代と渡海屋のふたりがいなくなって利益を得るのは、意外にも大和屋だった。当初、札差株を手に入れようとしていたのは吉見屋忠兵衛だと考えていたが、それは違ったようだ。では、吉見屋忠兵衛の役割は何だったのか。

思いがけずに大和屋の存在が大きくなるものとなってきたことに、剣一郎は動揺を隠せなかった。

いずれにしろ、大和屋と吉見屋忠兵衛が結びついているとしか考えられない。しかし、いったい何が両者を結びつけているのだろうか。

人通りの絶えた蔵前通りを八丁堀に向かう。途中、剣一郎の腹の虫が鳴った。まだ夕餉にありついていないことを思い出した。

五

その夜。とうとう動きがあった。裏門が開き、辺りを窺《うかが》うように、男が出て来た。久米吉に違いないと、文七は身構えた。おけいが訪ねてから四日目だった。

久米吉は神田明神下から湯島に抜け、湯島天神の門前町にやって来た。茶店や料亭、陰間《かげま》茶屋などがある。久米吉は楊弓場をちょっと冷やかしただけでそのまま行き過ぎた。

おやっと思った。浅草にまっすぐ行くと思っていたので、久米吉の行動を怪しんだ。まさか、尾行に気づいているわけではあるまい。

久米吉が下谷御数寄屋《おすきや》町にやって来た。この辺りは芸妓が多く住んでおり、久米吉のような男の遊ぶ場所ではなかった。久米吉はすれ違う芸妓に見とれていたが、ここもそのまま通り過ぎ、やがて不忍池のほとりにやって来た。

池の周辺に出合茶屋があるが、まさか女と会うとは思えなかった。尾行に気づかれ、あっちこっちと引きずり回されているのではないかという不安が芽生えかけたが、久米吉は大きな料亭の門の前で立ち止まった。

およそ久米吉には不似合いな場所だ。軒行灯に『みずもと』と書いてある。まさか入るわけではあるまいと思ったが、そのまさかであった。久米吉は門内に入った。すると、そこに誰かが近づいてきて、久米吉に何か囁《ささや》いた。

久米吉は門を出てから不忍池の中島にある弁財天に向かった。常夜灯の明かりが仄《ほの》かに灯り、その光の輪の外に久米吉が歩いて行く。いったい、何をする気なのだ。

久米吉は弁財天の裏手に行った。用心を重ね、あとをつける。

夜でもお参りの客が多い。遅れて、裏手に行った。久米吉の姿は見えなかった。気づかれたのかとあわてたが、くらがりの中に久米吉が見つかった。

文七はお堂の陰にたたずんだ。池の向こうにも料理屋の明かりが見える。三味の音が風に乗って聞こえてくる。

久米吉に近づく黒い影を見た。男だ。久米吉が迎えるように一歩前に出た。久米吉はその男とここで待ち合わせていたようだ。さっきの男に似ている。

暗くて男の顔はわからない。ふたりは何か話し込んでいる様子だった。目の前を横切って行く男女が視界を遮《さえぎ》った。が、男女が行き過ぎると、再び久米吉の姿が見えた。ちょうど、男が離れていくところだった。その男を確かめたいと思った。だが、あとをつけて行けば、久米吉のほうから目を離すことになる。

久米吉は立っている。が、妙だ。まるで何かに寄りかかっているような格好だ。文七はそっと近づいた。

久米吉は首を垂れている。胸騒ぎを覚えながら、さらに半歩近づいたとき、久米吉の体がその場に崩れ落ちた。

　岡っ引きが提灯の明かりを照らす。植村京之進が亡骸《なきがら》を改めた。心の臓に一突き。ふいを衝《つ》かれたようだが、久米吉は自分が殺されたことがわからないほど素早い攻撃だったのではないか、と京之進は言った。

改めて、文七は京之進に経緯を話した。

「すると、お屋敷を出てからここまでやって来て、誰かを待っていたというんだな」

「そうです。近づいた男が久米吉と向かい合っていたのはほんの僅かな時間でした」

　文七が答える。

「うむ。その男が待ち合わせの相手だったとは思えねえな。が、久米吉が油断していたのだから、待ち合わせ相手の使いみたいな奴だったのかもしれねえな」

　京之進は厳しい表情で言う。

「そのことですが、弁財天までやって来る前に、『みずもと』って料亭の門を入って行きました。そこに男がやって来たんです。ひょっとしたら、待ち合わせの相手というのが、今夜『みずもと』で遊んでいたんじゃないでしょうか」

　文七は自分の想像を述べた。

「なるほど」

よし、と京之進の行動は素早かった。

黒板塀に沿って『みずもと』の門に出ると、京之進はずかずかと入って行った。中からびっくりして下足番の年寄りが飛び出して来た。

「旦那、何か」

「うむ。御用の筋で訊ねたいことがある。女将《おかみ》を呼んでもらおうか」

京之進が横柄に言う。こういう点が、青柳の旦那とまったく違うと、文七はお上の威光を笠《かさ》に着ているような態度に嫌悪感を覚えた。

「旦那、ここじゃなんですから、どうかこちらへ」

年寄りが困惑した顔で、京之進を勝手口のほうに連れて行った。文七もあとについて行った。

八丁堀同心の姿を見たら客が興ざめするとあわてたのだろう。勝手口から通されたのは納戸部屋の隣の小部屋だった。

京之進はそういう場所に押し込まれたことに不快そうな顔をした。また、女将のやって来るのも遅く、いらついていた。

「どうもお待たせしました」

でっぷり太った女将がやっと顔を出した。

「もう少しでこっちから出向くところだったぜ」

京之進が不満を露《あらわ》に言う。

「申し訳ありません。お客さまがなかなか離してくださいませんので」

「八丁堀の用事など待たせておけばよいと思っていたんじゃねえのか」

「いえ、めっそうもありません」

女将は大仰に手を振るが、口許に笑みを浮かべている。

「まあいい。じつは弁天様の近くで男が殺されたんだ。その男が途中で、この店の門に入って行った。おそらく、きょうの客の中の誰かに会いに来たのだろう。これから座敷に案内してもらうぜ。ひとりずつ、確かめさせてもらう」

「あっ、旦那。それは困ります」

女将が軽い声を上げた。

「なに、困るだと。ふざけるんじゃねえ。ひとがひとり殺されているんだ。酔っぱらっている連中に気兼ねなどいるか。さあ、案内しな」

上司である与力の前ではへいこらしているくせに、町の者には居丈高になる。文七はうんざりしていた。

「お待ちください」

今度は女将が鋭く発した。

「なんだと。おめえは誰かを庇《かば》うつもりなのか」

「そうじゃありません。旦那のためを思って止めているんですよ」

冷笑を浮かべ、女将は落ち着いて言う。

「なんだと？」

「ご大身の旗本の殿様もお客さまでお見えでございます」

「そうかえ。俺が旗本に驚いて尻尾を巻くとでも思ったのか。何度も言うようだが、こっちは人殺しの詮議だ。行ってやろう」

京之進は小部屋を飛び出した。

「お待ちください」

女将が甲高《かんだか》い声を出した。

「旦那。おとがめを被りますよ」

「おもしれえじゃねえか。『みずもと』と道連れだ」

ここに至って、女将の顔色も変わって来た。

京之進はそのまま廊下に出た。

「待ってください」

女将が駆け寄った。

「私も『みずもと』の女将です。よろしいでしょう。旦那がそこまでおっしゃるなら、私はお奉行さまと刺し違えましょう」

そう言い、女将は京之進の行き手に立ちはだかり、

「私にはお客さまを守る務めがございます。この先に行きたければ私を殺してから行きなさい」

女将は簪《かんざし》を抜き、自分の喉元に突き当てた。

京之進がぎょっとしたように立ちすくんだ。

拳を握りしめ、京之進は立ち往生している。京之進の負けだ。文七は小気味よさを味わいながら、

「女将さん。申し訳ありませんでした。じつは、あっしが久米吉って男のあとをつけて来たのですが、久米吉がこの門内に入ったのを見ていたので、てっきりこの店の客に呼ばれたのではないかと余計なことを植村の旦那に言ってしまいました」

文七は辞を低くして訴えた。

「じつはひとひとりの命がかかっているのに、肝心の証人ともいうべき久米吉が殺されて、気が急《せ》いていたのでございます。どうぞ、お許しください」

無実の罪で鵜飼錦吾という侍が死罪になろうとしていることを、文七は手短に話した。

「さいでございますか」

女将は簪を髪に戻し、

「でも、強面《こわもて》で、ごり押しするのはよくありません。そのように横柄な態度に出られたの

では協力しようにもしようがありません」

「その通りだ」

京之進が恥じ入るように言った。

「俺が悪かった」

おや、案外と素直ではないかと、文七はちょっと見直した。

「でも、なかなか気骨のあるお方でいらっしゃいます」

女将が毅然《きぜん》として言い、

「ここは私の城でございます。ここに遊びに来て下さっている皆様は私を信用して来ていらっしゃるのです」

「女将さん」

文七が頼み込んだ。

「どうか、今宵のお客の名前をすべて教えていただくわけには参りませんでしょうか。ご迷惑をかけるような真似はいたしません」

「女将。この通りだ、頼む」

京之進が頭を下げた。

「それは出来かねます。そろそろ、早いお客さまは引き上げる頃でございます。どうぞ、玄関脇の小部屋でお待ちください」

「玄関脇の小部屋？」

「さあ、どうぞ」

女将は立ち上がってふたりを案内した。

京之進と文七は小部屋に入った。行灯に灯がなく、真っ暗だ。が、戸の隙間から玄関に向かい客の横顔を見ることが出来た。

客が梯子段から下りて来た。女将が、

「まあ、佐原《さはら》屋の旦那。もうお帰りでございますか。葛《くず》屋さんも、またお越しください」

女将の声が届いた。

駕籠に乗る客を見送りに外に出たのか、女将の声が遠ざかった。

しばらくしてまた客が引き上げた。その客の名前を女将が口にした。

「あの女将、俺たちに客の名前を教えてくれているんだ」

京之進が呟くように言う。

「そのようですね」

文七は客の名前を頭に叩き込みながら頷く。

やがて、別の客が引き上げる。

「小野《おの》屋さま。どうぞ、お気をつけて」

小野屋といえば、日本橋にある大店の呉服問屋だ。

「長谷川さま、どうもありがとうございました」

女将の声に、京之進が顔を突き出した。

「あっ、長谷川さまだ」

「長谷川さま？」

「内与力の長谷川四郎兵衛さまだ」

文七が覗くと、他にもふたりの内与力がいた。

「小野屋に饗応されていたのか」

京之進が憮然と言う。

もし、京之進が強引に客の部屋に踏み込んだら、奉行所の内与力三人が豪商に接待されている現場にも足を踏み入れることになった。

そうなったら京之進の立場はどうなっただろうか。

あの女将はこのことを察していたのかもしれないと、文七はますますあの女将が大きく見えた。

「大和屋さん。どうぞ、またお越しください」

「大和屋」

女将の声に、文七は反応した。

「旦那、大和屋の様子を見てきます」

文七はそっと小部屋を抜け出し、裏口から外に出た。

門を先回りすると、大和屋が駕籠に乗るところだ。やはり、質屋の大和屋庄左衛門に違いなかった。

去って行く駕籠を見送っていると、京之進がやって来た。

「久米吉を呼び出したのは大和屋か」

「そうかもしれません。あっしはこの顚末をさっそく青柳さまに報せて来ます」

文七は夜の町を直走《ひたはし》った。

六

八つ（午後二時頃）に奉行がお城から戻って来た。鵜飼錦吾の死罪の裁可を記した書類が老中から戻って来たと、剣一郎は内与力から聞いた。

刑の執行は八日・十日・十二日・十四日・十七日・二十二日などの歴代将軍の忌日と臨時大祭の前夜は避けることになっている。

きょうは二十五日。しばらく忌日はない。早ければ明日にでも執行はある。残された時間はなかった。

午後になって、剣一郎は早退を願い出た。帰りがけ、玄関で公用人の長谷川四郎兵衛とたまたま出会ってしまった。

「おや、青柳どのは市中見廻りでござるかな」

早退を知っていて、厭味《いやみ》を言った。

ごほんごほんとわざと咳をし、

「いえ、ちょっと風邪ぎみでして大事をとりまして」

「ほう、いつぞやも風邪を引かれましたな。気が緩んでいる証拠ではござらんか」

「早く風邪を治して、私も『みずもと』でおいしい料理をいただきたいものです」

長谷川四郎兵衛はぎょっとしたような顔をした。

「それでは失礼いたします」

何も言わず、長谷川四郎兵衛は剣一郎を見送っていた。


いったん帰宅し、根岸の探索から戻ってきた文七を連れて、剣一郎は鵜飼錦右衛門の屋敷を訪れた。門番に用件を言い、玄関の式台に出て来た用人に錦右衛門への面会を頼むと、いったん奥に引っ込んでから再び現れた。差料を用人に預け、剣一郎は客間に通された。

四百石取りであるが、鵜飼家の生活は苦しそうだ。所々に目につく柱や板の間の傷も修繕の余裕がないのであろう。使用人も少ないようだ。少なくとも、四百石取りの旗本の格式を備えていない。

待つほどもなく、錦右衛門が現れた。心労が顔に滲《にじ》み出ている。人柄がよいのだけが取り柄のような殿様だ。

「お仕置きはいつになるのだ？」

錦右衛門のほうから口火を切った。

「早くて明日かと思います」

錦右衛門は重たい吐息を漏らした。

「錦吾どのは無実です」

「ならば、錦吾はなぜそれを訴えぬのだ？」

「遊女の小紫と心中をするつもりなのです」

錦吾と会えなくなった小紫はいずれ自害するであろう。そのことを知っている錦吾に生きようとする気持ちはないのだと告げた。

「ばかな」

錦右衛門は目を剝いて吐き捨てた。

「お聞きにくいことをお伺い致しますが、お妹御の雪路さまがお亡くなりになられたそうでございますね」

一瞬はっとしたようだったが、錦右衛門は厳しい顔で頷いた。

「ご自害されたという噂を耳に致しましたが」

「無礼ではないか。答える必要はない」

「申し訳ございません。しかし、ここ十日余りで、旗本と御家人の娘がふたり自害しておることをご存じでございましょうか」

「なに？」

「いずれも川に飛び込んでおり、お屋敷のほうでは病死として偽ることも出来ず、自害が明るみになってしまいました。しかし、いずれも理由についてはわからないの一点張り」

錦右衛門の顔が青ざめている。

「それからついでを申せば、小紫というのも旗本の娘だったそうです」

「それはまことか」

悲鳴に近いような声だった。

「なぜ、こうも旗本や御家人の子女に災いがふりかかるのか。心当たりがあればどうぞお教えください」

しばらく横を向いていたが、錦右衛門はふと顔を正面に戻した。

「恥ずかしい話だが、いずこの旗本や御家人も財政は困窮しておる。札差だけでなく、町の高利貸しからも金を借りている始末だ」

「町の高利貸し？」

「旗本や御家人たちに専門に金を貸す忠兵衛という者がおるのだ」

「忠兵衛ですと。吉見屋忠兵衛ですか」

「そうだ」

剣一郎は一瞬の衝撃が去るのを待って、

「その者はどこに店を構えているのですか」

と、興奮を抑えて訊ねた。

「店ではない。浅草田原町の長屋で使いの者と会うだけだ」

「個人で高利貸しですか。して、忠兵衛というのはどんな人物ですか」

「用人の山左衛門《さんざえもん》の話ではいつも頭巾で顔を隠しているという。まあ、謎の男だ」

「いったい、どういう手づるでそこを知ったのでございますか」

「井筒さまから聞いた」

「井筒さまと言うと、井筒主水さまですね」

「左様」

おぼろげに吉見屋忠兵衛の輪郭が浮かんで来た。忠兵衛なる者は井筒主水の紹介で旗本御家人に金を貸している高利貸しなのだ。

「ひょっとして借金の形に子女を？」

錦右衛門は苦しそうに顔を歪めた。

用人の山左衛門から吉見屋忠兵衛の連絡場所を聞いてから、剣一郎は旗本鵜飼錦右衛門の屋敷を辞去した。

門を出たところで、文七が待っていた。

「田原町へ行く」

剣一郎は文七に言った。


小川町から、剣一郎は浅草田原町にやって来た。吉見屋忠兵衛の取引場所である二階家の長屋はすぐわかった。

何の変哲もないしもたや風の家だ。

格子戸を開け、中に呼びかけると、小柄な老婆が顔を出した。

「こちらは吉見屋忠兵衛どののところと伺って来たのだが」

「あなたさまは？」

「拙者は御家人の青田《あおた》剣助《けんすけ》と申す」

剣一郎は偽名を名乗った。

「どなたかのご紹介でございましょうか」

「ある御旗本の殿様からです」

「で、用向きは？」

「少しばかり、ご融通を願って参りました」

「主の忠兵衛に連絡をとり、あらためてご連絡申し上げます。お屋敷まで使いの者を走らせますが」

「いや。ゆえあって内緒の金策ゆえ、拙者から改めてお返事をお伺《うかが》いに参る。それから、至急金が入り用なので、早めにしていただきたい」

「左様でございますか。では、一刻後にまたおいでくださいませ。それまでに、忠兵衛の返事を聞いておきます」

「かたじけない」

剣一郎は長屋を出た。

文七に目顔で合図を送り、剣一郎はぶらぶらと浅草寺に向かった。

頭巾をかぶって客の前に現れるという忠兵衛の正体を突き止めるために、吉見屋忠兵衛の使いの者のあとを文七につけさせるつもりであった。

剣一郎は浅草寺に参拝したあと、文七と待ち合わせた水茶屋に向かった。そこの毛氈《もうせん》を敷いた縁台に腰を下ろし、羽二重団子を頼んだ。

門前には料理屋、うどん屋、そば屋、浅草餅などの食べ物屋が並び、客で賑わっている。運ばれて来た羽二重団子を口にほおばり、死んでしまえばこんなおいしいものも食べられなくなるのだと、剣一郎は牢にいる鵜飼錦吾を思い出した。

食べ終わって、さらにしばらく待っていると、文七がやって来た。

「どうであった？」

「申し訳ありません。途中でまかれました」

「そうか。相手は最初から細心の用心を払って商売をしているのだ。仕方あるまい」

文七の尾行がそう簡単に感づかれるとは思えない。

「どうやら、相手は最初からつけられることを承知していたようだな」

「そうでしょうか」

「そうだ。最初からおとりだったのかもしれねえ。それだけ用心しているということだ」

しょげている文七をなぐさめ、

「さあ、おまえも何かもらえ」

と言い、手を叩いた茶屋娘を呼んだ。

浅草寺五重の塔の鐘が五つを報せてから、剣一郎は再び吉見屋忠兵衛の連絡場所の家へと向かった。

さっきの老婆が現れ、

「橋場に総泉寺《そうせん》という大きな寺があります。明後日の夜五つ、ひとりで総泉寺の山門にお出でくださるように」

と、言った。

「そこに案内の者がおります。くれぐれもおひとりで参られますように」

「わかりました」

剣一郎が答えたとき、ふと誰かに見つめられているような気がした。

帰宅すると、向島で隠居している真下治五郎から使いが来ていた。明日にでも来て欲しいという文だった。

七

その日、剣一郎は朝から向島に向かった。

船を下りて、剣一郎は土手を行く。しばらく晴天が続き、風が吹くたびに埃を舞い上げるが、空が澄み渡り、はろけく筑波の山が見えた。田圃の水が陽光を照り返し、きらめいている。

真下治五郎の隠居場に着き、声をかけると暗い土間からおいくが現れた。

「まあ、青柳さま」

「先生はいらっしゃいますか」

「はい、お待ちかねですよ」

そのとき、庭のほうから声がした。

「おい、こっちだ」

剣一郎は庭にまわった。

真下先生のお手植えの草木が行儀よく並んでいる脇を通って庭に出ると、真下先生は片手に竹竿を持ち、もう一方には木刀を持っていた。

「剣一郎、来い」

「はっ」

真下の真意を悟り、剣一郎は差料をおいくに預けた。

真下は木刀を投げて寄越した。

「よし、行くぞ」

真下はさっと竹竿を構えた。刀身五尺の剣に見立てた長さになっている。その竹竿を長剣に見立て、真下は逆手にとり、切っ先を地べたにつけるようにして腰を落とした。

おう、と覚えず剣一郎は声を上げた。長剣の男と一寸違わぬ構えだったからだ。

剣一郎は正眼に構えた。真下は逆手のまま、じりじりと間合いを狭めて来る。いつぞやの緊迫感を思い出した。

上段から踏み込んだ。しかし、真下は脇にすれ違いながら竹竿の剣を素早く居合のように斜め上に引いた。が、次に真下が上から竹竿を振り下ろしたとき、切っ先が剣一郎の右腕の袖をかすめた。

剣一郎ははっとした。ほんの僅かな差で斬られていたかもしれない。

続いて、真下が竹竿を肩から背中にまわして構えた。胴が隙だらけだが、体の回転と共に剣が振り切られるのを知っているので、迂闊《うかつ》には出られなかった。そのまま迫ってくる。剣の動きの速度が同じなら、長いほうが有利かもしれない。まだ離れていると思ったが、真下が踏み込んで体をひねるようにして肩から背中に担いでいた竹竿を振り下ろしてきた。

容易に避け得る間合いのはずだったが、竹竿が鼻先をかすめた。真下は返す刀で逆袈裟懸けに襲ってきた。剣一郎は勢いよく後ろに下がって避けた。が、さらに、上段から襲い掛かってきた。

剣一郎は踏み込み、長剣に見立てた竹竿を木刀で受け止めた。押し合い、相手に接近した。剣一郎は思い切って相手の剣を突き放し、素早く大きく後ろに飛んだ。いったん離れた剣がすぐに頭上を襲った。剣一郎は思い切って撥ね上げた。

再び、両者は離れた。真下は再び竹竿を肩から背中にまわして構えた。剣一郎は正眼に構える。真下が背中に竹竿をまわしたまま迫ってくる。

剣一郎はさっきの間合いを体で覚えた。真下が動いた。と、同時に剣一郎も踏み込んだ。が、次の瞬間、剣一郎はあっと声を上げた。

真下は竹竿を背中から裾払いに来たのである。鋭く唸り音を発した竹竿は地面すれすれに剣一郎の脚をめがけて襲い掛かってきた。剣一郎は反射的に跳躍して避けたが、すぐに返ってきた竹竿は跳躍した足の着地と同時だったので、剣を地に突きたてて避けるしかなかった。

剣一郎の負けだ。次に真下先生は竹竿を捨てた。そして木刀を掴んだ。

真下は木刀を正眼に構えたが、すぐ振りかざし、上段から打ちおろしてきた。剣一郎は腰を落とし、逆袈裟に斬り放った。が、剣一郎の木刀は相手に届かず、逆に相手の木刀が肩をかすめた。激しい痛みが肩に走った。

「参りました」

剣一郎は叫んだ。

微妙に間合いが狂った。長剣との対峙で間合いのとり方が狂ったのだ。

「座敷に上がろう」

真下は静かに言った。

改めて、剣一郎は真下と対座した。

「敵は黒覆面と長剣の男のふたりだと申したな」

真下が思案げに言う。

「はい。このふたりが交互に攻め参ります。間合いを狂わしめる作戦でありましょうが、その間、私のほうが疲れ、相手は交互に休むことが出来ます。理にかなったふたり交互の攻撃であり、防ぎようもございません」

「いや、そればかりではないだろう。いくら膂力《りょりょく》が並外れて優れているとは申せ、五尺もの長剣を自由に操り、しかも動きも敏捷《びんしょう》だという。それは相当に体力を消耗しているはずなのだ」

「相手のほうが疲れている？」

「そうだ。わしが竹竿でその真似をしたが、かなりの疲れが出た。向こうは重たい剣を用い、さらには跳躍し、凄まじい速度で剣を振り下ろすという。相当な力を使っているはず。ことに腕の疲れは大きいだろう」

　真下は目を細めて続ける。

「それから注意することは逆手で居合のように斬り上げてきたときだが、逆手では剣はまっすぐ伸びない。途中順手に持ち替え、上から斬りつけてきたときは今度は腕も十分に伸びている。この間合いの差に十分気をつけることだ」

「はい」

「長剣を相手にした場合、相手を動き回らせ、時間を稼げば相手の疲れが見えてこよう。が、ここで黒覆面に代わってしまう。そう、させないことだ。こちら側に黒覆面の相手の出来そうな者がおれば、これに当たらせる。が、いない場合には」

「はい？」

剣一郎は身を乗り出す。

「まず黒覆面のほうを倒すのだ。それも時間をかけてはだめだ。一瞬で倒す」

「一瞬で？」

「無心剣だ」

「無心剣――」

柳生新陰流の真下が独自に編み出した「無心剣」は全身を隙だらけにして相手を誘い込み、皮を斬らして身を斬る。ある意味では捨て身の技だ。

「黒覆面さえ倒せば、長剣との一騎討ち。相手はいずれ疲れてくる」

「はい」

剣一郎は下腹に力を入れて答えた。

「ただ、さっきのように、おそらく長剣は足払いにも来るはずだ。これまでそれを見せていなかったというのは隠しているのかもしれない」

「先程は予想もしていなかったので防ぎようもありませんでした」

「剣と薙刀《なぎなた》、それに棒術をかみ合わせたものを相手にすると考えたほうがよい」

「剣、薙刀、棒術――」

剣一郎は声が震えた。

「いや薙刀や棒術であれば回したりして動作が大きくなる。そこに付け入る隙が生まれるが、そこは剣と同じ動きとみるべきであろう」

　今度は声が出なかった。

「はっきり申して手だてが見つからぬ。ただ相手の疲れを衝くしかない。相手の動きが少しでも鈍くなったと見極めたら思い切って相手の内懐に飛び込む。これしかない」

「わかりました」

　身を固くして、剣一郎は答えた。

　そこに、おいくが茶をいれて持って来た。

「ところで、先生はここ数日、どちらに行かれていたのですか」

　剣一郎はきいた。

「鎌倉と小田原だ」

「鎌倉と小田原?」

「鎌倉に長剣を造る刀鍛冶がいると聞いたことがあった。長大な刀を造るには技術がいる。そこの刀鍛冶が奉納用の長剣を造っている。そこへ行ったときに、ある芸人のことを聞いた」

「武芸者ではなく、芸人ですか」

「そうだ。その芸人が今小田原にいると聞いてな。小田原にまわった。その城下に見世物小屋がかかっており、長い刀の抜刀を見せている芸人がいたのだ」

「で、その抜刀を見たのですか」

「見た。刃渡り五尺近い長い刀を見事に鞘から抜いて見せた。わしは楽屋裏を訊ね、その者に話を聞いた」

　真下は鋭い目をくれた。

「その芸人は小さい頃から師匠に演舞としての唐人剣を習ったそうだ。その弟子は三人いたが、その中の新蔵《しんぞう》という若者が、たまたま道中でいっしょになった侍と親しくなり、その侍を追って江戸に旅立ったらしい」

「その侍は江戸の者――」

「芸人に嫌気が差し、侍になろうとしたのかもしれない」

「その新蔵というのが長剣を使う男かもしれないのですね」

「新蔵は当時から剣の扱いは抜きん出ていたらしい。念のために、長剣の演舞を見せてもらったが、そちの敵となった長剣とは似ているようで別物だ」

「別物？」

「つまり、唐人剣にわが国の剣法を取り込み、新蔵が独自に編み出したものだと考えてよい。おそらく、江戸でその侍と会い、その奴が新蔵に剣術を教えたのではないか」

　真下はそう推測した。その侍というのが並河大次郎に違いない。

　明日の夜、吉見屋忠兵衛に会うことになっている。これが最後の手だてになるだろう。

そこで手がかりが摑めなければ、鵜飼錦吾を救い出すことは出来ない。

ふと気がつくと、真下先生がおいくのひざ枕で横になっていた。

「先生、ありがとう存じました」

剣一郎は辞儀をした。

「悪いな、疲れた」

幸せそうな顔で目を閉じた真下の手がおいくの手を握っている。

おいくが困惑した目を向けた。剣一郎はほうほうの体で引き上げた。

八

奉行所から戻ってから剣一郎は自室に籠もって瞑想していた。約束の五つまでだいぶ時間があった。

つい今し方、野田喜十郎の手紙を読み終えたばかりであった。そこに加賀屋に押し入った理由と心情が認められていた。

喜十郎は武士を捨て、本気で加賀屋の婿になろうとしていたようだ。しかし、それは妹を助けるためだと書いてあった。

喜十郎の妹は借金の形にある商人の妾として売られたという。その妹を助けるため、武士を捨て商人になって金を稼ごうとした。そこで加賀屋に狙いを定めたのだという。その計画は頓挫したが、武士の誇りを失わずに死んでいけることを感謝していると書いてあった。

井筒主水や吉見屋忠兵衛の名こそ書いてはなかったものの、野田喜十郎もまた井筒主水たちの被害者だったのだ。もっと大きく言えば、商人が台頭し、武士たちが経済的破綻に追い込まれるという時代の流れから必然的に生まれた犠牲者なのかもしれない。

誰かがやって来た気配がした。多恵であろう。向かいに腰を下ろしたようだ。剣一郎は静かに目を開けた。

「吉見屋忠兵衛はなぜ五つという遅い時間に橋場に待ち合わせを指定したのでしょうか」

多恵がいきなり言いだした。

「おそらく、俺の正体を見抜いていて、俺を抹殺するつもりなのであろう」

そう睨み、植村京之進に五つをまわった頃に橋場に駆けつけるように命じてあった。

「そうでございましょうか」

「うむ?」

「あなたが井筒主水に疑いの目を向けていることは敵も承知しているでしょう。ならば、あなたひとりを討ち取っても、もはや井筒主水どのへの疑いを消すことは出来ません」

確かに、多恵の言うとおりだ。

井筒主水は旗本や御家人に吉見屋忠兵衛を紹介し、さらに借金の形にして子女を売買しているのだ。おそらく、子女は町人の妾にされているのであろう。さもなくば、小紫のように遊女として売られる。

もはや、井筒主水の悪事は暴かれたも同じだ。ここで、剣一郎を殺害したところで、井筒主水に助かる道はない。

ならば、危険を冒してまで、剣一郎を殺そうとするのか。すると、今夜の約束は、吉見屋が剣一郎の正体を摑んでいないということなのか。

少し考え込んでいた多恵がさっと顔を上げた。凛《りん》とした姿で、剣一郎を睨み据えた。

「何かが起こるような気がしてなりませぬ」

「何がだ？」

「わかりません。でも、早めに現場に出向いたほうがよいように思われます」

「よし」

剣一郎は立ち上がった。

船で橋場の船着場までやって来た。すっかり夜の帳《とばり》が下りている。剣一郎は船を下り、月明かりを頼りに、人通りのない道を行く。

奥州街道に沿って、暗がりに大屋根が浮かんでいた。総泉寺だ。妙亀《みようき》山総泉寺、寺域一万九百九十坪の大寺院である。

この辺りは浅茅《あさじ》ヶ原と言い、草茫々の荒地が広がっている。浅茅ヶ原の隣には鏡《かがみ》ヶ池があり、風光明媚《ふうこうめいび》で、豪商たちの別荘が点在する。橋場の先には石浜神社があり、参道の右手にある真先稲荷は田楽を食わせる茶屋が並んで賑やかなところだ。

その塀を迂回して行くと、鏡ヶ池が闇に沈んでいる。金持ちの寮か、仄《ほの》かな明かりが点在している。

人気《ひとけ》のない寂しい道を行くと、かなたのくらがりに山門が見えて来た。

朽《く》ち欠けた山門は廃寺のようだ。剣一郎は用心して裏門を探して中に入った。庫裏《くり》は真っ暗だ。

本堂から仄かな灯が漏れていた。横手から本堂に近づく。人声が聞こえた。

草履を脱ぎ、紺足袋のまま梯子段に足をかけたとき、突如、男の悲鳴に似た声。

「なにをする。おぬし、俺を裏切るつもりか」

「あなたさまはもうおしまいです」

「大次郎。おまえまで」

「殿さま。お許しください」

鋭い気合と共に、呻き声が聞こえた。

剣一郎は梯子段を駆け上がった。百目蠟燭の黄色い濁った明かりが倒れている武士と血刀をさげる黒覆面の男を照らしていた。

　正面の阿弥陀如来像の前に頭巾で顔を隠した男が端然と座っていた。

「おぬしが吉見屋忠兵衛か」

「青柳さま。約束の時間を違えてもらっては困りますな」

「これは井筒主水だな」

　剣一郎は亡骸《なきがら》に目を向けた。

「読めたぜ。俺が約束通り、五つにのこのここにやって来たら、井筒主水殺しの罪をなすりつけられていたところだ」

「まさか、あなたさまがこんなに早くお出ましになるとは予想もしておりませんでした。迂闊《うかつ》でした」

　吉見屋はくぐもった声で静かに言う。

「おぬしはやはり並河大次郎だったな」

　黒覆面の大次郎が切っ先を剣一郎に向けた。

「井筒家の中小姓を勤めていたそうではないか。それなのに主人を裏切って、吉見屋に忠誠を尽くすのか」

「うるさい」

　大次郎が剣を構えたとき、

「待ちなさい」

と、吉見屋が制した。

「吉見屋。おまえは井筒主水と組み、旗本や御家人に高利で金を貸し付け、返済出来なくなれば子女を借金の形にとり、どこぞに売り飛ばしていた。まるで女衒《ぜげん》じゃねえか。いや、それ以下だ」

「私は困っているお武家さまを助けて上げているのです。武家の娘に憧れている殿御に世話をすることで、すべて丸く収まるのです」

「ふざけるな。鵜飼錦吾の妹の雪路は自害している。他にも大川に飛び込んで死んだ娘もいるのだ」

「あれには困りました。武家の娘ならお家を助けるための覚悟がついていなくてはなりません」

「勝手なことを言うな」

「勝手なことではありませぬ。娘が豪商の妾になったおかげで金銭的援助を受けて助かった旗本や御家人はたくさんおります。自害した者などはほんの僅か」

「小紫も同じか」

「あの者は妾より遊女を選んだのですよ。そのおかげで鵜飼錦吾と知り合うことになってしまいました」

「鵜飼錦吾を罠にはめたのはなぜだ？」

「小紫の境遇から妹の自害の真相に行き着きかねません。井筒さまはそのことを恐れておりました。悪人のくせに小心な御方でしてね」

「小紫はどこにいる？」

「この近くにいます。私の寮にね。ただ、今は無事ですが、鵜飼錦吾の処刑を知ったら、おそらくあとを追うことでしょう」

人間の血が流れているのかと、剣一郎は吉見屋を見据えた。

「おぬしのほうから井筒主水を誘ったのか」

「井筒さまは目付になりたかったようで、そのための賄賂の金を貯めるのに必死でした」

「久米吉の役割は何だったのだ？」

「あの者は渡り中間。いろいろなお屋敷に出入りしていますから、娘のいる旗本や御家人を見つけ出してきては井筒さまにお知らせしていました。井筒さまがその家に近づき、私を紹介するのです。皆さま、お金にはほんとうにお困りでしたからすぐに飛びついて参りました」

「その久米吉をなぜ殺した？」

「あの者は私に小遣いを請求してきました。強請《ゆす》りですな。娘の斡旋のために商談していた不忍池にある料理屋まで会いに来ました。とんでもないことです。ですから、死んでもらいました」

「殺したのは誰だ？」

「あなたも会ったことのある男です」

文七の話では遊び人ふうの格好をしていたと言っていた。

「そうか、あの長剣を扱う、新蔵という男だな」

「ほう、これは驚きました。よくあの者の名前を調べましたな」

「権助はどうした？」

「よけいな真似をしなければ、あの者も命を落とすことはなかったであろうに」

「やはり、殺したのか」

「山谷の玉姫稲荷の裏手の土の下で骨になっていますかな」

「邪魔者や用済みの者は容赦なく殺すのか」

「生きていくためには仕方のないこと。さあ、いつまでもお話をしていても詮ないこと」

吉見屋忠兵衛は今度はすっくと立ち上がった。まくれた裾を手でぱっと払った。その仕種に記憶があった。

そして、本堂から去ろうとした。その後ろ姿を見て、剣一郎は目を疑った。微かに足を引きずっている。

「待て」

そう叫ぶや、剣一郎は忠兵衛を追いかけ、忠兵衛が振り向いたところを剣を抜き放ち、下からすくい上げた。剣の切っ先が頭巾を裂いた。

顔を覆っていた頭巾の下から鋭い目の男の顔が現れた。

「大和屋！」

剣一郎は覚えず叫んだ。

大和屋の孝之助、今の大和屋庄左衛門が冷やかな笑みを口許に浮かべた。

「さすが、青痣与力。が、ちとお節介が過ぎましたな」

「先代の大和屋を殺し、渡海屋を殺害し、その罪を鵜飼錦吾にかぶせた張本人はおぬしだったのか」

剣一郎は怒りに声を震わせた。

「私は質屋業で終わるつもりはなかった。質屋の傍ら、吉見屋忠兵衛として高利貸しをはじめたのですよ。質入れに来たお侍さんにこっそり吉見屋のことを教え、そっちの客にしたのです」

大和屋は余裕の笑みを漏らした。

「でも、このような闇の高利貸しがいつまでも続くとは思っておりませんでした。渡海屋が札差を廃業すると聞き、株を譲ってもらおうとしたのです。ところが、渡海屋は難色を示した」

「渡海屋は闇金融のことを知っていたのか」

「先代に気づかれてしまったのですよ。旗本の子女の売買までは気づかなかったようですが、先代はもともと札差業には反対でしてね。それで、先代が渡海屋に頼んだんです。闇金融のことまで喋っていたかどうかわかりませんが、渡海屋は昔から私のことを嫌っていましたからね」

「それで、ふたりを始末しようとしたのか」

「そうです。ちょうど、井筒主水さまが小紫の口から間夫の鵜飼錦吾に旗本の子女の売買の秘密がもれるのではないかと心配していた時期でした。だから、すべての罪を鵜飼錦吾になすりつけてしまおうと考えたわけです」

「それほどまでして札差になりたかったのか」

「奉公しているときからの夢でした。私もあのように豪勢に生きてみたいと思っていたものです。その夢を先代が奪ったのです」

「勝手な理屈だな。先代はおぬしを婿に引き上げてやったのではないのか。あのまま札差に奉公していたとしても札差にはなれなかっただろう」

「私は夢にかけていたのです。十八大通と呼ばれる豪勢な札差たちのように、私もその仲間に入りたかったのですよ」

吉見屋忠兵衛こと大和屋の口調が変わった。

「青柳さん。これで思い残すことはないでしょう。あの世とやらに先に行って、鵜飼錦吾どのをお待ちなさい」

いつの間にか並河大次郎は姿を消し、別の五人の覆面をした侍が剣を構えた。

「おめえにも女房や子供がいるんだ。女房や子供に恥ずかしいとは思わねえのか」

頬の青痣がさっきから疼いていた。抑えていた怒りは限界に達していた。

「自分の夢をかなえること。それが第一ですよ」

「許せねえ。てめえは人間じゃねえ、獄門台に送ってやる」

自分の野望のためにはひとの命など何とも思わぬ孝之助に怒りが爆発した。

「おめえのために何人も死んでいった。その者たちに代わっての恨みの剣を受けてみよ」

剣一郎は剣を抜き放った。

不敵に笑い、大和屋はさっと踵を返した。追いかけようとした背後に、一撃が襲って来た。

剣一郎は振り向きざまに飛び込んで来た相手の剣を横から払い、返す刀で小手を斬った。うっという呻き声と共に、相手は剣を落とした。

続けて、別の覆面の侍が大上段から凄まじい気合もろともかかってきた。剣一郎は剣を刃で受け止め、ぐっと押し返し体を引いた。相手の体が崩れ、これまた小手を斬った。

本堂の隅で、ふたりの侍が手首を押さえて呻いている。あと覆面の侍が三人いる。倒れている者も含め、五人は食いっぱぐれの浪人に違いない。

「おぬしたちの腕では俺は斬れん。ふたりを手当てしてやれ」

剣一郎の勢いに気押されたように、三人の腰は引けている。戦意を喪失しているのがわかる。

剣一郎は本堂の外を見た。黒覆面の大次郎と裁っ着け袴の長剣の男が待っていた。

剣一郎は堂内での闘いに持ち込もうとしたが、長剣の男は屋内での長剣の不利を承知しているらしい。屋内では跳躍しての攻撃は不可能だからだ。

剣一郎は打って出た。梯子段を駆け降り、ふたりの前に立った。

「並河大次郎、おぬしに武士の誇りはないのか」

「とうに捨てた」

黒覆面の並河大次郎は剣を構えた。

「ここでは邪魔も入るまい。今宵こそ、決着をつけてやる」

押し殺した声だ。

「おぬしは新蔵か」

剣一郎は長剣の男に向かって言った。

長剣の男は目を見開いた。名前を言われ、動揺したようだ。

「見世物小屋から抜け出して、おまえがやろうとしていたのは、この程度のことだったのかい」

　剣一郎はわざと揶揄《やゆ》するように言った。

「俺は侍になるのだ」

「侍だと？」

「大和屋が御家人株を買ってくれることになっている」

「ばかな。旗本や御家人がのうのうと生きていける時代じゃないんだ」

「大和屋がついていれば大丈夫だ」

　並河大次郎が答えた。

「そうか、おぬしも部屋住みだったな。大和屋の世話で没落御家人の養子にでもなるつもりなのか」

「俺たちの邪魔をする奴は許さない」

　新蔵はいきり立ち、抜いた剣を逆手に構え、切っ先を地べたに向けて迫ってきた。

「どうせ、途中で並河大次郎の手を借りるだろう。ひとりじゃ闘う自信がないくせして、先にかかってくるつもりか」

　剣一郎は相手を怒らせるために過激な言葉を吐いた。

　新蔵は妙なうめき声を発し、徐々に間合いを狭めてきた。剣一郎は正眼に構えた。

　新蔵は剣を逆手にしたまま素早く剣一郎の脇をすり抜けながら剣一郎の胴めがけて斬り

つけた。剣一郎は後ろに大きく下がった。続けざま、相手の剣が袈裟懸けに襲い掛かった。ふつうだったら届かない剣先が剣一郎の胴をかすめた。

新蔵はかっかしているせいか、力が入っている。空振りに終わったあと、今度は新蔵は背中に剣をまわした。まず大上段から来るであろう。

剣一郎は左足を少し引き、剣先を相手の顔に向けた。正眼のこの構えが心を落ち着かせ、相手の仕掛けにたいして冷静に反応出来る。

相手が動いた。次の瞬間、風を切って長剣が振り下ろされた。まともに受けたら、こっちの剣は折れないまでも刃こぼれがするかもしれない。これを流し気味に受け、さっと払った。相手の懐めがけて駆けながら逆袈裟で斬りつけ、相手の脇をすり抜ける。

相手が肩に剣をまわす隙を与えず、剣一郎は八相から踏み込む。相手は剣で受ける。剣一郎は勢いをつけて押し、押したところで背後に素早く下がった。

一呼吸置いてから、相手は剣を肩にまわした。伸ばした左手で体の均衡を保つようにして迫る。剣一郎は正眼に構えを戻す。

キョエーという掛け声もろとも跳躍し、剣が振り下ろされた。剣一郎は今度は剣を斜めにし、刃で受けずに鎬《しのぎ》ではっしと受けた。長剣の重みがのしかかって、剣一郎は腰を落とした。が、ぐっと押し返し、剣先を上げ、相手の剣を鍔元まで流そうとした。が、その前に新蔵はぱっと離れた。

鍔で受け止めれば、力は入りやすく、長剣の重みにも負けない。そう考えたのだが、相手もその用心はしているのだ。

新蔵が下がった。いよいよ、大次郎と交替するのだ。が、剣一郎は長剣を引いた隙を窺い、八相から新蔵に向かった。

大次郎にとっても予想外の行動だったらしく、新蔵はあわてて長剣で受け止めた。が、剣一郎はすぐに外し、相手の懐に飛び込む。

だが、大次郎が邪魔をした。

「今度は俺が相手だ」

「新蔵、卑怯だぞ。助けを借りんと俺を討てんのか」

「新蔵。聞く耳を持つな」

大次郎が低く叫ぶ。

「おぬしも剣客なら正々堂々と立ち合え」

剣一郎はなおも挑発を続けた。

「ふたり掛かりで俺を倒して何の誉れがあろう。剣客としての矜持《きょうじ》はないのか」

「黙れ」

大次郎が上段から斬りかかってきた。相討ちを厭わぬ剣であり、必殺の気迫が籠もっていた。剣一郎は体を横に開き、かろうじて相手の剣を払ってかわすも、大次郎はすぐ刀を返し、第二太刀を逆袈裟で斬りつけてきた。

剣の動きに無駄がない。が、太刀筋は長剣と似ている。新蔵に剣術を指南したのが大次郎であろうことが推察出来た。

まずこの男を倒さねばならない。再び、長剣に代わられたらさらに危地においやられる。剣一郎は半身体から切っ先を大次郎の小手に向け、いわゆる正眼に構えるも、やがて目を閉じた。

江戸柳生新陰流の達人である師の真下治五郎が独自に編み出した「無心剣」の構えだ。心を無にし、全身を隙だらけにする。が、それでも正眼に構えた剣先は微動だにしない。まるで剣一郎の体は地に根が生えたかのようだ。

敵を誘う大技であり、危険も大きい。特に相手は一刀流の相討ちを覚悟の必殺の打ち込みをしてくる。

勝負は一瞬にして決まる。剣一郎の想念に渓谷のせせらぎの音が聞こえる。静かな境地であるが、そういう光景が思い浮かぶこと自体が剣一郎が無の境地に達していない証左でもある。それでも、早期に決着をつけるためにはこれしかなかった。

相手が上段から斬りかかったら、こう出ようなどという考えはない。ただ、己の体の反応を信じるだけであった。

深山幽谷の風景が広がる。やがて、その光景に霧がかかってきた。脳裏に風景が消えた。いや、消えたことさえ意識がなく、ただ白い闇だ。が、その白い闇が激しく裂けて、一条の光が真正面から襲って来た。

剣一郎はかっと目を開いた。すべて無意識の動きだった。気がついたとき、剣一郎と大次郎との体が入れ代わっていた。

静かに剣一郎の心に風の音が蘇る。ひとを斬ったという手応えと共に、やがて悲しみが襲ってきた。心ならずもひとを斬ったという痛恨の思いが悲しみとなって押し寄せてきたのだ。

足元に胸から血を噴き出して大次郎が倒れていた。

「おのれ」

新蔵が激しく剣を振り下ろしてきた。剣一郎は飛び退き、さっと踵を返し、梯子段を駆け上がった。本堂で息継ぎをするためだ。

新蔵はここまで追って来ないはずだ。屋内での闘いでは長剣の男の武器である跳躍してからの攻撃が不可能だからだ。

だが、予期に反して新蔵は梯子段を駆け上がってきた。疲れがとれたのか、あるいは剣一郎に休息を与えまいとしたのか。それとも、頭に血が上って前後の見境がなくなっているのか。

剣一郎は阿弥陀如来像を背中にした。

「新蔵。血迷ったか。ここではそなたの力は半減されよう」

「抜かすな。師の仇」

そう言った刹那、新蔵の背中から振り出された長剣が剣一郎の脚を目がけて襲い掛かった。予期していた裾払いだ。片足立ちで剣を外し、素早く体勢を整え、剣を大きく振り上げた隙を狙って相手のふところに飛び込んだ。

が、相手は横に大きく飛んで一回転して立ち上がった。その間、剣を横に払っていた。その切っ先が剣一郎の袖を切り裂いた。

新蔵の剣の動きが微かに鈍った。

「新蔵。ここでは跳躍は出来ん。外に出てやろう」

剣一郎は再び外に飛び出した。新蔵も本堂の回廊から飛び下りた。風が出てきた。雲の流れが早い。

新蔵は長剣を逆手に持ち、切っ先を斜め下にして構えた。剣一郎は正眼に構えをとる。

新蔵の剣の動きは摑めた。逆袈裟から途中手首を返して順手に持ち替え、頭上を刀を返して、そこから袈裟懸けに斬り付けてくる。

付け入るのは逆手から順手に持ち替える瞬間だ。その一瞬を狙って、剣一郎は新蔵の動きを待った。

徐々に間合いが詰まった。微かな気を察した。瞬間、新蔵の剣が風を切った。と、同時に剣一郎はいったん下がって下から斬り上げてきた剣を避け、次に素早く相手の長剣を思い切り巻き込むように頭上で剣を一回転させて撥ね上げた。

あっと新蔵の声がした。長剣が空に飛んだ。武器を失った新蔵はすばやく懐から匕首を取り出して斬りかかったきた。

剣一郎が剣を薙ぐと新蔵の胴を斬り裂いた。新蔵はたたらを踏んで数歩進んでから倒れた。

風が啼《な》くように吹きつけている。またも悲しみが襲って来た。

かなたから提灯の明かりが揺れて近づいて来た。剣一郎は我に返った。

「植村京之進さま以下、奉行所から応援が参りました」

文七の声が夜陰に轟いた。

「京之進。大和屋の寮を探せ」

剣一郎は叫んだ。

剣一郎はその夜のうちに年番方の宇野清左衛門を通して奉行に会った。奉行の脇に、内与力の長谷川四郎兵衛が控えていて、剣一郎の報告を苦々しい顔で聞いていた。

九

小伝馬町の牢屋敷を解き放ちになった鵜飼錦吾は、大塚彦九郎や楓の暖かい出迎えを受けて大塚道場の長屋に戻った。

小紫が無事だったことも、錦吾の牢屋暮らしの疲れを癒《いや》すには十分だった。解き放ちから三日後の夜に、錦吾は三ノ輪の大里屋の寮に忍び入った。

半信半疑で、庭から雨戸を叩くと、そっと雨戸が開いた。寮番の女房がいて、すぐに錦吾を招じた。

前と同じだ。錦吾は逸《はや》る思いで、廊下を伝い、奥の部屋に入った。夢かと思うばかりに、小紫が待っていた。

「小紫。逢いたかった」

「錦吾さま。ようご無事で」

錦吾は小紫の細い肩を引き寄せ、

「二度と逢えぬと思っていた」

と、耳元で囁いた。

熱い抱擁のあとで、錦吾は言った。

「そなたと再会出来たが、お互いの運命が変わるわけではない。小紫、こうなったら、あの世でいっしょになろう」

錦吾は誰も知らない山奥へ行って自害しようと考えた。ここで自害したら、小紫の亡骸は投げ込み寺に放り込まれ、錦吾は鵜飼家の墓に埋葬されよう。死んだら別々だ。どこか山奥へ行こう。

「小紫。よいな」

しがみついてくるかと思った小紫がつと顔を離した。

「錦吾さま」

改まった口調だ。表情もさっきと打って変わって強張っている。

「私がなぜ、ここに戻って来たのかわかりますか」

「いや」

小紫の真意を測りかねてきく。

「私は大里屋に戻る決心をしたのでございます」

「戻る？　戻るとはどういうことだ？」

「それは――」

小紫は言い淀んでから、

「私の生きる道は吉原でしかないと気がついたのです」

何かが違うと感じながら、錦吾は言った。

「今までどおり、私が大里屋に通うということか」

「いえ」

小紫は凛《りん》として否定した。

「私は夢を見ていたのです。錦吾さまと離ればなれになって、そのことがようやくわかりました。私たちはもう会ってはならないのです」

「何を言い出すんだ。この世で添えなければあの世でと誓ったことは偽りか」

「いえ、あのときは真実そう思っておりました」

「あのときは？」

「そうです。でも、今は――」

小紫は辛《つら》そうに俯《うつむ》いた。が、すぐ顔を上げ、決然たる態度で言った。

「私はこの世を精一杯生きてみたいのです。たとえ苦界であろうとも、それが私の定め」

小紫の顔が陽炎のように揺れて見えた。

「小紫、そなたは――。嘘だろう、小紫。嘘だと言ってくれ」

俺の胸にすがって泣いた女の言葉とはとうてい信じられなかった。

「大里屋に何か言われたのか」

「いえ」

「じゃあ、どうして？」

「女々しゅうございます、錦吾さま」

「なに？」

「おなごとていつも一つ所に止まってはおりませぬ。日々、心も変わります」

「ばかな。変わらぬ思いを誓い合った仲ではないか」

「これほど申してもまだわかりませぬのか。私はあなたと離ればなれになってはじめてあなたのことがよく見えたのです。世に立てぬのをまわりのせいにし、ただ世を拗《す》ね、そのやりきれない思いを遊女の肌に求めたつまらない男だとやっと気づいたのです」

小紫の言葉は辛辣だった。

「私は御職を張った女でございます。おおよそあなたは私には不似合いな殿御でした。今度、私に逢いたければ大金を稼いでお出でなさい」

「小紫。言わせておけば」

覚えず錦吾は刀に手をかけた。

「悔しいのですか。それしか、あなたには出来ないのですか」

うっと、錦吾は柄を握ったまま唸り声を発した。

「さあ、お引き取りください。もう二度と、私の前に現れませぬように」

そう言って、小紫は立ち上がった。

「悔しかったら私を見返すような人間になりなされ」

錦吾は打ちのめされた。

逃げるように庭に飛び出した錦吾の背中に、小紫の言葉が襲い掛かった。


翌日の夕方、錦吾は道場の長屋を出て、神田川の土手に腰を下ろしていた。対岸の八辻ヶ原から賑やかな声が聞こえる。床見世や大道芸人などが出ているのだろう。

ひとり取り残されたように、錦吾は川の流れを見ていた。

いったい、俺は何のために小伝馬町の牢屋敷にいたのか。あの世でいっしょになろうと誓った言葉が偽りだったとは何という非情だと、またも錦吾は胸をかきむしりたいほどの苦痛に襲われた。

「おう、ここにいたのか」

上のほうで声がした。

土手の斜面を木崎叉八郎が下りてきた。

「錦吾。先生がお呼びだ」

「出て行けと言われるのかな」

錦吾は虚ろな目で言う。

「おい、錦吾。しっかりしろ。あんな遊女のことなどさっさと忘れてしまえ」

「おぬしにはわからん」

「ああ、わからんね。おぬしにはもっと他に生きる道があるんだ」

「俺の生きる道？　そんなものがあるはずない」

「ある。大塚道場を継ぐのだ」

「それはおぬしだ」

「ばかを言え。俺に道場主が勤まるわけないだろう。俺じゃ、門弟がついてこん。それより肝心な楓どのがついてこんよ」

「そんなことはない」

「錦吾。頼む。大塚道場を守ってやってくれ。おぬしが跡を継ぐのが一番いいのだ」

「冗談ではない。叉八郎、道場はおぬしが継ぐのだ」

錦吾は説得するように言う。

「おぬしはわしに道場を譲るために小紫という遊女に気持ちを向けたんだろう。違うか」

「そうじゃない。俺は本気で小紫を――」

悲しみと怒りが込み上げてきて、錦吾は声を詰まらせた。

「その小紫はどうだ、おぬしのことなどもう忘れちまっている。所詮、遊女ってのはそんなものだ」

「なに！」

反発を覚えたが、小紫の気持ちが変わったのは紛《まぎ》れもない事実であり、錦吾は黙るしかなかった。

「錦吾。楓どのはな、おぬしのことが好きなのだ。おぬしは知るまいが、楓どのは毎日、おぬしの無事を祈って願掛けしていたんだ」

「えっ、楓どのが」

錦吾は胸の底から何かが込み上げてきた。

「楓どのと浮気な遊女とどっちが実があるか、唐変木のおぬしにもわかるはずだ。それに、おめえは小紫から、あたしを見返してみろと言われたんじゃないのか」

「どうして、そんなことを知っているんだ？」

「そんなことはどうでもよい」

叉八郎はあわてて言い、

「さあ、なにしているんだ。先生が呼んでいなさる。早く、行って来い」

と、急《せ》かした。

錦吾は土手を駆け上がった。途中で振り返ると、叉八郎は今まで錦吾が座っていたところにしゃがんだところだ。その背中が寂しそうに見えた。

叉八郎は大塚道場の跡継ぎの座を俺に譲ろうとしているのだとわかった。叉八郎、すまぬ。心の内で叫び、錦吾は道場に向かった。

剣一郎は三ノ輪の大里屋の寮を訪ねた。

「だいぶ顔色もよいようだ」

剣一郎は小紫に言った。

橋場にある大和屋の寮に駆けつけたところ、そこで小紫は軟禁状態でいた。そのときと比べ、だいぶ顔色もよくなっていた。

「はい。二、三日中にはお見世に戻るつもりでございます」

小紫はふと表情を変え、

「で、あの方は？」

と、きいた。

うむ、と剣一郎は茶で喉を潤してから口を開いた。

「大塚道場の楓どのの婿となることが決まったようです。いずれは大塚道場を背負って立つことになる」

悲しげな眼差しは一瞬で、すぐに顔を綻ばし、

「それはよござんした」

と、小紫は静かに言った。

「これも、そなたのおかげだ。さぞ、ひどい男とお恨みであろう。この通りです」

剣一郎は畳に手をついた。

「あっ、いけませぬ。どうぞ、お手をお上げください」

小紫はあわてて声をかける。

「いくら錦吾どののためとは言え、心ならずもの愛想尽かしの言葉。どのように辛かったであろう。さぞ、私を鬼だとうらめしく思ったであろう」

「錦吾を生かすも殺すも小紫の心次第。どうか、錦吾のために愛想尽かしをしてくれと、剣一郎は頼んだのだ。

「もう涙も枯れ果てました。錦吾さまのおしあわせを陰ながら祈っております」

剣一郎は大里屋から大塚道場にまわった。

ちょうど木崎叉八郎と出会わせた。

「小紫に会って来た。元気だった。二、三日中には遊廓に戻るそうだ」

「そうですか。いろいろありがとうございました」

「しかし、うまくいけばあなたが大塚道場の跡継ぎになったであろうに、どうして小紫の説得を私に頼んだのかな」

剣一郎は疑問を口にした。

「私は錦吾の妹の雪路どのと好き合っておりました。雪路どのが今でも忘れられないのですよ」

叉八郎がはかなく笑った。

「雪路どののためにも錦吾には幸福になってもらいたいのです」

「あなたはこれからどうなさるのですか」

「さあ。ただ、武士を捨てて市井で暮らすのもよいかとは思っています。まあ、しばらくは大塚道場にいて錦吾の手助けをしていくつもりです」

別れ際、叉八郎が笑って言った。

「いつか大里屋に出向き、小紫という遊女と遊んでみたい」


鵜飼錦吾が大塚道場の跡を継ぐことになって、剣一郎は心のしこりがとれたような気持ちでいたが、宇野清左衛門が難しい顔でやって来た。

「宇野さま。何か」

「長谷川どのがな、今回の功名は植村京之進にあり、青柳剣一郎にはないと仰られた」

大和屋は植村京之進の手で捕らえられ、小伝馬町の牢送りとなった。京之進の手柄ということであろう。

「自分勝手に動きまわったことは服務違反であり、これを許したら示しがつかない。ふつうなら罰則を与えるところだが、下手人検挙の功を認め、お咎《とが》めなしとする。そういうことだ」

「別に褒美《ほうび》をもらおうとは思っておりませんので」

負け惜しみではなかった。鵜飼錦吾に生きる気力が蘇ったことで、剣一郎は十分であった。

「青柳どの。気を落とされるな。わしはそなたの活躍は認めておる」

宇野清左衛門が真顔になって
「長谷川どのがなぜそなたに辛く当たるのか、いつかきいておったな」

「はい」

「わしが思うに、そなたの父親だ」

「父が？」

「うむ。そなたは知るまいが、そなたの父親は年番方のときに内与力を廃するように当時のお奉行に働きかけたことがあったのだ。奉行の威を着て威張る者も多く、また与力の禄米を内与力十人分も負担しなければならない。このことへの不満をそなたの父が代弁し、内与力廃止に向けての意見書を作ったのだ。結局、それは通らなかったが、長谷川どのはそのことを知っていて、今度はそなたが同じことを言い出すのではないかと警戒しておるのだと思う。だから、なるたけ奉行所内でのそなたの地位をおとしめようとしているのではないか。いや、これはわしがそう思っているだけだが――」

長谷川四郎兵衛がほんとうにそのような理由で剣一郎を疎《うと》んじているのかわからない。あくまでも宇野清左衛門の推測に過ぎない。

しかし、それとは別に父が内与力制度を変えようとしていたということに新鮮な驚きを持った。ひょっとしたら、父も付け届けの風習はおかしいと思っていたのではないだろうか。いや、兄が与力になっていたら、俺と同じような気持ちを抱いたのではないか。

帰宅すると、小間物屋の文七が来ていた。

「このたびの働き、見事だった。これからも、私のために働いて欲しい」

剣一郎が言うと、文七は畏まって、

「ありがとうございます。喜んでお仕えさせていただきます」

と、畳に手をついて頭を下げた。

文七が去ってから、剣一郎はふと思案にくれた。

以前から気になっていたことだが、なぜ文七は俺のためにあれほどまでに働いてくれたのか。いや、俺のためというより、多恵のためといった方が当たっているのかもしれない。いずれにしろ、文七は謎の男だ。

剣之助とるいの声が聞こえてきた。端午の節句の五月人形の前でたわむれているのか。

庭に目をやると、菖蒲が一輪紫の花を開いていた。今月は兄の祥月命日がやって来る。

妻や子にめぐまれた暮らしをしている剣一郎を見て、兄は何と言うだろうか。ふと青痣が疼いたような気がしたが、痛みが走ったのではなかった。剣一郎のささやかな幸福を、兄が喜んでいてくれるような気がした。

一〇〇字書評

札差殺し

切り取り線

購買動機（新聞、雑誌名を記入するか、あるいは○をつけてください）

□（　　　　　　　　　　　　　　　）の広告を見て
□（　　　　　　　　　　　　　　　）の書評を見て
□ 知人のすすめで　　　　　□ タイトルに惹かれて
□ カバーが良かったから　　□ 内容が面白そうだから
□ 好きな作家だから　　　　□ 好きな分野の本だから

・最近、最も感銘を受けた作品名をお書き下さい

・あなたのお好きな作家名をお書き下さい

・その他、ご要望がありましたらお書き下さい

住所	〒				
氏名		職業		年齢	
Eメール	※携帯には配信できません	新刊情報等のメール配信を 希望する・しない			

この本の感想を、編集部までお寄せいただけたらありがたく存じます。今後の企画の参考にさせていただきます。Eメールでも結構です。

いただいた「一〇〇字書評」は、新聞・雑誌等に紹介させていただくことがあります。その場合はお礼として特製図書カードを差し上げます。

前ページの原稿用紙に書評をお書きの上、切り取り、左記までお送り下さい。宛先の住所は不要です。

なお、ご記入いただいたお名前、ご住所等は、書評紹介の事前了解、謝礼のお届けのためだけに利用し、そのほかの目的のために利用することはありません。

〒一〇一-八七〇一
祥伝社文庫編集長　清水寿明
電話　〇三（三二六五）二〇八〇

祥伝社ホームページの「ブックレビュー」からも、書き込めます。
www.shodensha.co.jp/bookreview

祥伝社文庫

札差殺《ふださしごろ》し　風烈廻《ふうれつまわ》り与力《よりき》・青柳剣一郎《あおやぎけんいちろう》

平成16年9月5日　初版第1刷発行
令和6年4月10日　　　第21刷発行

著　者　小杉健治《こすぎけんじ》
発行者　辻　浩明
発行所　祥伝社《しょうでんしゃ》
東京都千代田区神田神保町3-3
〒101-8701
電話　03（3265）2081（販売部）
電話　03（3265）2080（編集部）
電話　03（3265）3622（業務部）
www.shodensha.co.jp

印刷所　堀内印刷
製本所　ナショナル製本

Printed in Japan ©2004, Kenji Kosugi ISBN978-4-396-33184-9 C0193

祥伝社文庫の好評既刊

小杉健治
女形《おやま》殺し
風烈廻り与力・青柳剣一郎⑦

「おとっつあんは無実なんです」父の斬首刑は執行され、さらに兄にまで濡れ衣が…真相究明に剣一郎が奔走する！

小杉健治
目付殺し
風烈廻り与力・青柳剣一郎⑧

腕のたつ目付を屠った凄腕の殺し屋を追う、剣一郎配下の同心とその父の執念！　情と剣とで悪を断つ！

小杉健治
闇太夫《やみだゆう》
風烈廻り与力・青柳剣一郎⑨

百年前の明暦大火に匹敵する災厄が起こる？　誰かが途轍もないことを目論んでいる…危うし、八百八町！

小杉健治
待伏せ
風烈廻り与力・青柳剣一郎⑩

絶体絶命、江戸中を恐怖に陥れた殺し屋で、かつて風烈廻り与力青柳剣一郎が取り逃がした男との因縁の対決を描く！

小杉健治
まやかし
風烈廻り与力・青柳剣一郎⑪

市中に跋扈《ばっこ》する非道な押込み。探索命令を受けた青柳剣一郎が、盗賊団に利用された侍と結んだ約束とは？

小杉健治
子隠し舟
風烈廻り与力・青柳剣一郎⑫

江戸で頻発する子どもの拐かし。犯人捕縛へ〝三河万歳〟の太夫に目をつけた青柳剣一郎にも魔手が……。